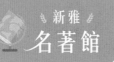

新雅
名著館

愛的教育

原著　艾德蒙多·狄·阿米契斯〔意〕

撮寫　馬莎

新雅文化事業有限公司
www.sunya.com.hk

文學名著，具有永久的魅力。一代又一代的讀者，曾從中吸取智慧和勇氣。

　　面對未來競爭性很強的社會，少年兒童需要作好準備，從素質的培養、性格的塑造、心理承受力的加強、思維方式的形成、智力的開發，以及鍛煉堅強的意志，都是重要的課題。家庭教育的單調、學校教育的局限、社會教育的不足，使孩子們面對許多新問題感到困惑。而文學名著向小讀者展現豐富的世界，通過書中具體的形象、曲折的情節，學會觀察人、人與人的關係，和錯綜複雜的社會矛盾。可以說，文學名著是人生的教科書，它像顯微鏡一樣，照出人的內心世界和感覺。通過書中人物的命運，了解社會，體會人生，不知不覺地得到啟迪心靈的鑰匙。而名著中文學的美，語言的美，更是滋潤心田的清泉。

　　然而，對於年紀尚小的讀者來說，這些作品原著的篇幅有些長，這套縮寫本既保留了原著的精髓，又符合小讀者的能力和程度，是給孩子開啟文學大門的最佳選擇。

著名兒童文學作家
冰心獎評委會副主席｜**葛翠琳**

《**愛的教育**》原名*CUORE*（心、心臟、愛和真誠的意思），是意大利19世紀作家阿米契斯在國家統一（1870年）後，構思十多年，為兒童創作的文學名著。他透過四年級小學生安列高的眼光，去觀察和描繪意大利在統一後十多年的社會狀況。在構思的初期，阿米契斯曾說：「由兒童到成人，人在一生中不同的階段，都必須要追求愛與真誠。」傳揚愛與真誠，正是本書的主旨所在。中文譯本根據書中的內容，將它譯為《愛的教育》，這個書名已經沿用多年了。

　　故事是以安列高的日記形式呈現給讀者。它可以分為兩部分：

　　第一部分是以圍繞在安列高身旁，或是社會上他接觸到的人物為主。例如慈愛的師長，同學裏面有義勇的加朗、完美的狄洛西、貪財的卡洛斐、自卑的彼哥斯，社會敬業的馬戲小子，改過自新的鐵匠和可憐的囚犯等等。他們各自有動人的故事，其中所表現的純真的友情，堅毅的精神，對弱者扶助、對不幸者同情的博愛精神，令人動容。

　　第二部分是記載老師為學生提供的每月勵志故事。其中所體現的非凡勇氣、犧牲精神、愛國心和同情心，值得每一代的少年人學習。當中著名的「少年筆耕」、「少年鼓手」、「千里尋母」的故事，早已膾炙人口，甚至編排在學校的教科書中了。

目錄

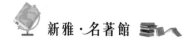
～ 一、開學日 ～

　　今天開學了。悠長的暑假像夢境一般，瞬間消失了，我又回到學校來。可是在我的心坎裏，還眷戀着鄉間的逍遙日子呢！

　　街上，書店內都擠滿了學生和家長，警察滿頭大汗的在維持秩序。在學校大門，長着一頭鬈髮的三年級老師對我說：「安列高，老師今年不再教你了。」雖然這是早已知道的事實，但我還是感到有點失落。

　　我和媽媽好不容易才擠進學校大堂，守候在這裏的學生和家長吵得像街市一樣。儘管是這樣，重返這個熟悉的地方，我的心情不覺又振奮起來了。

　　校長忙着回答問題，他的頭髮更白了；同學們也長高了。一年級的新生像頑固的騾子一般，緊纏着父母，不肯分離，連老師們都沒有辦法。

　　弟弟被編在黛爾卡蒂老師的班裏，我就在波巴尼

老師的班裏。

十點鐘，學生都要進入教室裏。我班共有五十五人，從三年級一起升上來的約有十五、六人，常考第一名的狄洛西也在其中。

回想起暑假在鄉間嬉戲遊玩

的山林野嶺，就覺得學校令人煩悶。我又想起去年的鬈髮老師，心裏不覺難過起來。現在的老師嘛，一臉嚴肅，毫無笑容，眼神還好像能把人看透似的。我心裏想：「這才是開始，日子還長呢！什麼功課呀，考試呀，真討厭！」

下課看見母親，我忍不住緊緊地抱着她，母親說：「安列高，開學了，要努力啊！」

我們開開心心地回家去，可是一想到鬈髮老師不再教我了，心裏就覺得學校不再有趣了。

二、波巴尼老師

開學的第二天，我開始喜歡波巴尼老師了。

今天我們進入課室時，波巴尼老師已經端坐在座位上。許多他曾教授過的學生，不時探頭進來和他說早安，有些還特別走進來和他握握手。波巴尼老師一一善意地回應了，可是面容還是嚴肅的，加上他總是愛把視線投向窗外，他的回應顯得有點勉強。

上課時，他點了一遍名字，認真地看了我們一番，然後便要我們練習默寫。這時，他在同學的座位間來回巡視。他看見一位同學臉上出疹子，便托起他的頭仔細地看，又摸摸他的額頭看有沒有發燒。一個小頑皮趁機跳到椅子上扮鬼臉，被波巴尼老師發現了，小頑皮趕快跳下來，準備受罰。

知識泉

疹子：皮膚病變。多數是由於皮膚表層發炎，形成像針頭大小，或像頭狀的隆起物。形狀圓圓的，不同的疹有不同的顏色，例如：濕疹、麻疹。

可是波巴尼老師卻只是說：「以後不要這樣了。」

　　默寫後，波巴尼老師回到講壇上，大聲而親切地對大家說：「孩子們，從今天起，我們要在這課室裏相處一年，讓我們好好地度過吧。老師自從去年母親逝世後，便沒有任何親人了。你們就是我的孩子，

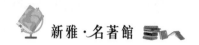

我的親人了。我希望你們學好，不希望責罰你們，因
為我期望你們也以真誠待我，讓我以你們為榮。你們
不用在口頭上回答我，但我相信你們在心裏已經答應
了，是不是？謝謝大家了。」

　　下課後，那扮鬼臉的小頑皮向波巴尼老師道歉。
波巴尼老師摸着他的頭説：「快回家吧，好孩子！」

三、同班朋友

開學好幾天了，我已經認識了不少朋友。其中我最喜歡的，是個子長得最高大的加朗，他才十四歲，已經有大人的神氣，笑起來很可愛。

我也喜歡高列提，他是賣柴商的兒子，愛穿咖啡色的長褲，戴狸皮帽，總是笑嘻嘻的。他的父親曾參軍，還得過**勳章**①呢！

奈利是個小駝子，身體瘦瘦弱弱的。愛穿華麗衣服的是華提尼。

坐在我前面的是石匠的兒子，**綽號**②「小石匠」。他的臉孔圓圓的，像蘋果；鼻子卻像個小毛球。他最喜歡扮兔臉逗人發笑。在他

> **知識泉**
>
> 狸：屬哺乳動物。樣子像狐，皮毛呈黑褐色，嘴部突出，尾巴又長又粗，四肢短小。

---

① **勳章**：政府頒授給對國家有貢獻、有功勞的人的獎章。
② **綽號**：本名以外，另起的名字。或稱外號。

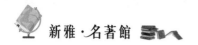

旁邊的是長着鷹鈎鼻，個子高瘦的卡洛斐。他老是帶着鋼筆、空盒子回來售賣，十足像一個小商人。

神氣傲慢的小紳士名叫卡羅。在他旁邊的兩個孩子都是我喜歡的。一個是膽小柔弱的彼哥斯，他是鐵匠的兒子，據說他的父親常打他。他愛穿長長的上衣，臉色蒼白得像病人。他的膽子很小，從來沒有笑過，眼神總帶着哀愁。另一個是一隻胳膊殘疾了的紅髮小孩，他叫可諾斯，他的母親是菜販。

坐在我左邊的是史泰迪。他的身材矮胖，脾氣暴躁，不太和別人來往，要是誰礙着他聽課，他可要踢人呢。

史泰迪旁邊的是可惡的小無賴弗蘭提。

說到長相最好又最能幹的，可說是狄洛西了。今年會考，他仍是第一！老師已經在注意他了。

但說到品格方面，我最推許的，還是我最喜歡的加朗！

四、義勇

加朗今天在課室裏的表現，正説明了他的為人是怎樣的。

今天我進入課室時，老師還沒有來，卻有三四個同學正在欺負那紅頭髮、一隻胳膊殘疾了的可諾斯。他們用三角板打他，又把栗子殼撒在他的頭上；甚至模仿可諾斯平日的動作，嘲笑他的殘疾，説他是怪物。可諾斯氣得臉孔發白，用求饒的眼神望着他們。那幾個人看見他怯懦的樣子，就笑得更起勁了。

忽然那個小無賴弗蘭提跳到椅子上，扮起可諾斯母親挑菜的樣子來，引起哄堂大笑。可諾斯氣得滿面通紅，一手抓起墨水

知識泉

三角板：一種繪圖器。用來畫平行線和垂直線。每兩片為一組。兩片各有90度直角，其他兩角或同樣是45度；或一角是60度，另一角是30度。

栗子：栗是一種落葉喬木，可以高達30公尺。果實就是栗子，有苞，果仁是淡黃色，味甘甜，可作食物。

瓶，就朝弗蘭提擲過去。弗蘭提一閃避過，墨水瓶竟一下子打在剛進來的老師身上。

老師氣極了，很嚴厲地問：「是誰？」

全班一片死寂，誰也不敢做聲。老師提高聲音再問：「是誰？」

加朗突然站起來說：「是我。」

老師看了看他，又看看全班，然後說：「不是你。」接着又說：「我絕不處罰，誰幹的？」

這時可諾斯站起來，哭着說：「他們打我，侮辱我，我氣極了，所以就……」

老師命令那幾個人站起來，說道：「你們欺侮一個無辜的人，一個不幸的人，太可恥了，只有卑劣的人才會這樣做。」他又托起加朗低垂的頭說：「你的精神可嘉啊！」加朗低聲地和老師說了幾句話，老師便對那幾個人說：「我寬恕你們！」

五、艱苦奮鬥

昨日午後，我和媽媽、姐姐三個人，去給新聞報道中提及的窮苦婦人送布料。她住在一棟破舊樓房內，走廊末端的一個房間裏。

門打開時，我一看那婦人就覺得很面熟，像在哪裏見過似的。當她和媽媽談話時，我朝屋內看看。屋子裏很幽暗，空蕩蕩的，幾乎什麼傢具都沒有。這時，我瞧見一個孩子背着門，跪在一把椅子前在工作。椅上攤着紙，地上放着墨水瓶，他竟然是在寫字啊！我想，那麼暗的環境，怎麼能寫字呢？

我端詳着這孩子，那一頭紅髮，熟悉的破舊衣裳，啊！他不就是壞了一隻胳膊的可諾斯嗎？乘着那婦人收拾布料時，我告訴了媽媽。媽媽立刻阻止着我說：「不要做聲，免得他難堪！」就在這時，可諾斯轉過頭來看見我們，他不以為意地向我微笑。我一時

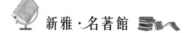

不知所措，手腳都僵硬了。媽媽推了我一下，我才醒
覺了，立即跑過去，和可諾斯握手。

可諾斯的母親說：「這些年來，他父親都在美
國，就我們相依為命。最近我也病了，不能上街賣

菜，家裏能賣的都賣了，連燈油都買不起。可諾斯念書念得好艱苦啊！幸好政府資助書簿，才能勉強上學。可是他的眼睛也弄壞了。」

媽媽把錢包內的錢都掏給了她。接着，又親親可諾斯。回程時媽媽對我說：「安列高，你看那孩子，在這樣艱苦的生活環境裏仍努力不懈，你什麼都不缺，卻常抱怨上學辛苦。多學學他的精神，他是你的好榜樣啊！」

六、溫情洋溢

萬靈節：天主教在11月2日，祭祀亡靈的節日。

萬聖節：基督教在11月1日，紀念死者和所有聖人的節日。

昨天我到姐姐的女子小學去，抵達時，她們正好放學。由於明後天是「萬靈節」及「萬聖節」，她們顯得特別高興。

這時，我看見一個掃煙囱的男孩，在對面街上靠着牆壁哭起來。幾個女學生連忙走過去關心地詢問他。男孩哭着說，今天他已經為好幾戶人家清理了煙囱，賺了30個**索爾多**[①]，卻不知道褲袋有破洞，錢都漏掉了。他捏着破洞說：「師傅會打我的。」說完又大哭起來。女孩子們都替他難過。

越來越多的女學生靠攏過來了。她們了解情況後，一個戴着藍羽毛帽的女孩拿出兩個銅幣來說：

[①] **索爾多**：意大利的銅幣，是銀幣的二十分之一。

「請大家為他湊湊吧。」一個女孩馬上響應，其他的人也紛紛把她們的零用錢捐出來。

戴羽毛帽的女孩就為他收集。「10個、12個、15個⋯⋯」可還差得遠呢。這時一個老師模樣的女士拿出半個**里拉**①的銀幣來，呀！大家都歡呼了，就只差五個了。

「五年級的姐姐來了，她們一定能幫忙的。」一個女孩子叫道。果然，她們把30個索爾多一下子就湊夠了，還多出許多呢。那些沒有零用錢的低班女孩，就給他送花束。

我看着那窮苦的小男孩，被女孩子們的綵衣、隨風飄揚的帽羽和絲帶圍攏着，心裏感動極了。

忽然有人叫道：「校長來了。」女孩子們便像受驚的麻雀一般，一下子飛散了。只留下小男孩獨自站在大街上，手裏捧着滿滿的銅幣，上衣的口袋和鈕扣孔裏都裝滿了花，在他周圍，鮮花還撒滿一地呢！

---

① **里拉**：意大利的銀幣。

七、俠義風範

　　雖然只是放假兩天，卻好像好久沒有看見加朗了。誰不是這樣想呢？

　　大家都好喜歡他啊！只有幾個欺負不了他的人才厭惡他吧！被欺負的同學往往一叫加朗的名字，壞蛋都趕快逃跑了。

　　加朗的父親是火車司機。加朗小時候曾生過病，遲了兩年入學，因此他是班裏身材最高大，氣力最驚人的，他一手就能舉起椅子啊。加朗為人慷慨，誰有需要，不管是什麼文具，他都願意借用或贈送。上課時，他總是擠在狹小的座位上，伸着大腦袋留心聽講。當我望向他時，他的表情好像是説：「安列高，我們是好朋友吧。」

　　每次看見加朗我就想笑。他的身材是那麼高大，可他的衣帽褲襪卻總是那麼緊窄短小，連外套也有裂

縫；鞋子看來粗粗笨笨的，領帶卻像一條紐繩。可是誰只要看他一眼，就準會喜歡上他的。班裏的小個子都希望坐在他身旁。他的算術很好，平日習慣用一根紅繩把書簿綑起來，代替書包。他有一把大裁紙刀，是他去年看陸軍野戰演習後撿到的。有一次他被鋒利的刀子割到骨頭，他可哼也沒哼一聲。加朗不會為同學開的玩笑生氣，但要是誰說他說謊，他的拳頭是不會留情的。

知識泉

野戰演習：在模擬戰爭中訓練軍人的作戰技巧的練習。

　　加朗曾用三天的時間，寫了八頁的長信，獻給母親，祝賀她生日，信的周邊還繪上花紋呢。老師每次經過他的身旁，總愛輕撫他的後頸，像愛撫一隻溫馴的小牛一樣。我敢說加朗絕對是能為朋友犧牲生命的人，從他的眼神就可以清楚知道。

　　我是多麼喜歡他啊，每當握着他的大手時，我的心情就舒暢極了。他會大聲斥責那些欺負弱小的人，但那怒吼卻是來自一顆溫厚的心啊！

八、黛爾卡蒂老師

弟弟生病了，他的班主任黛爾卡蒂老師特意來探望他，還給弟弟説趣事。她説，有一次，一位賣炭人的孩子得了獎，他的母親用圍裙包了一大把炭送給老師，她的盛情讓老師十分感動；也有一位家長把金錢藏在花束裏，讓老師哭笑不得。我們聽得津津有味，連平日不肯吃藥的弟弟，今天也開心地吃了。

> **知識泉**
>
> 炭：把木材煅燒而成的黑色燃料，稱為木炭。有些深埋在地下的古代植物，經過變化分解而成為固體燃料，稱為石炭或煤炭。

教導一年級的學生，是一件很費心的事。他們有些牙齒不全，發音模糊不清，有些老是咳嗽，有些還流鼻血。至於丟掉鞋子，買錯筆記簿的事更不必提了。而要教會那五十隻軟軟的小手，寫出一個個字來，真不容易啊。他們的衣袋裏老是裝着甘草呀、衣扣呀、瓶蓋呀，老師要檢查，他們

竟會把東西藏到鞋子裏。有時，一隻蒼蠅飛進教室，他們便怕得大吵大叫。夏天還把甲蟲帶回來，弄得秩序大亂。此外，老師還得替他們穿外套，尋書包。儘管如此，有些家長還常生老師的氣呢！

有時那些小淘氣把老師氣急了，想打他們，到最後還是咬自己的手指忍下來。就是責打了，過後又懊悔不已。甚至家長責打孩子，老師也會心痛的，黛爾卡蒂老師就是這樣，她很年輕，身材高挑，是個多愁善感的女士，但做起事來卻像彈簧一般敏捷。

「學生們都很愛你呢！」媽媽說。「初時是這樣，可是到了學期終結，他們就好像不認識你了。甚至以女老師教過為羞恥呢！」黛爾卡蒂說完，又望着弟弟說：「你不會這樣對老師吧？」

知識泉

甘草：屬於豆科植物，高一至三公尺。味道甘甜，因為它含有甘草甜素，甚至比蔗糖還要甜50倍。具有化痰和潤滑的作用。

甲蟲：甲蟲的特徵是前翅革質化，較為堅硬。靜止時，左右前翅可覆蓋着整個身體。甲蟲類是所有動物中，種類最多的一羣，約有30萬種。

彈簧：用具有彈性的鋼條裝造而成的機件，用來吸收或儲存能量。有螺旋彈簧、蝸旋彈簧、筍形彈簧和疊板彈簧等等。

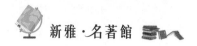

九、幹勁十足

今天我和朋友到河邊去散步，經過一輛滿載木柴的馬車時，聽到有人叫我，回頭一看，原來是同學高列提。他戴着狸皮帽，滿頭大汗地正在把木柴搬進舖子裏，雖然幹着苦差事，但他看來還是挺快活的。

「高列提，你在做什麼？」我問。

「難道你沒有看見我一面幹活，一面溫習嗎？」

我笑起來。高列提卻扛起柴，一面跑，一面唸：「動詞有分單數和複數，因人稱的差異而變化……」嗯，這正是明天文法課的內容啊！高列提接着又說：「父親出外辦事，母親又病了，可工作不能不幹呀，我這樣邊做邊讀，最好不過了。」他又回過頭向馬車上的人說：「爸爸今晚會付賬。」

馬車離開後，他邀請我進入他們的舖子裏。然後對我說：「今天忙極了，又要做功課，又要應付顧

客，今早還跑了兩趟市場，累得我站都站不起來，還要畫畫呢！」

他引我進入舖子後面的一間小屋，那裏是廚房，也是飯廳。屋角放着他的書桌，功課都攤開了。他坐下來，續寫未完的功課。

知識泉

咖啡：由咖啡樹的種子磨研而成的飲料。含有咖啡鹼，有提神的作用。咖啡盛產於熱帶地方，例如東非、牙買加、巴西等國，都有出產。

一個女人來買柴，高列提應付過後，又回來寫功課。「呀，咖啡煮好了，我們一起送過去吧，母親看見你一定會高興的。唔，動詞的變化是……」他就是這樣邊說邊溫習。

我跟着他走到另一間屋子，看見他母親裹着頭巾，躺在牀上。高列提給母親整理被褥，理理枕頭，又問她吃了藥沒有，然後和母親交待他做好的工作。他母親慈愛地看着高列提說：「幸好有你啊。」

高列提讓我看他父親的照片。那是他在1866年，跟隨溫培爾托親王作戰時的軍裝照。他的樣子和高列提一模一樣，同樣有着愉悅的神情。

回到廚房，高列提在練習簿上寫下：**馬鞍**①也是皮革做的。然後就高高興興地去鋸柴。

他說：「這也是我的體操啊，雖然鋸完木頭後，寫起字來像蛇一樣，但父親看見我把柴鋸好，一定會高興的。但願媽媽的病也快點好轉吧！明天雞啼便起來讀文法……啊！柴又運來了，不能再陪你了，快快活活地去散步吧，安列高，你真幸福啊！」

他趕忙在舖子裏作準備，狸皮帽下的臉孔紅紅的，像薔薇花一樣。

我心裏想，高列提，你既能勤快工作，又能愉快地溫習，你才比我幸福，比我勇敢呢！

知識泉

薔薇：一種灌木，莖上多刺，葉是羽狀複葉，花朵美麗而清香，可用作觀賞和製造香水。

---

① **馬鞍**：放在馬背上的坐墊。

十、慈愛的校長

高列提今天很興奮，因為他三年級的老師寇提先生來監考了。寇提先生是一個滿臉黑鬍鬚、體格魁梧、聲如洪鐘的大個子，最愛嚇唬學生，其實在他的鬍子底下，他正在微笑呢。

學校裏一共有八位男老師，還有一位像學生模樣的輔導老師。負責五年級的有兩位。一個是患了風濕，走路一拐一拐的老師；另一位是滿頭白髮，還在盲人學校兼課的年長老師。一位衣着考究，蓄着金黃色絡腮鬍的老師，因一面教學，一面研究法律，所以綽號叫「小律師」。體育老師曾在加里波底的部下打過

知識泉

風濕：風濕是由於關節、肌肉、神經等的結締組織發炎所引起的疾病。患者的身體有腫痛和發熱的現象。

加里波底：（1807－1882）：意大利統一運動的建國三傑之一。1860年在西西里組織紅衫軍起義，攻佔意大利南部。在國家統一後，再把征服的土地獻出，然後在小島上過着退隱的生活。

仗，頭上還留着刀疤呢。

我們的校長，身材高大，頭頂禿了，戴着一副金邊眼鏡，花白的鬍子長長地垂在胸前。他總愛穿着一套黑衣服。仁慈的校長永遠都是和顏悅色的，學生做錯了事，他只會拉着他們的手，告訴他們錯在哪裏，要他們答應改過，學生們沒有不受感動的。

每天都是校長最早到學校，等候學生來上課，和家長們談天。放學後，他還留在學校，內外巡視。那些不願意回家的小淘氣，一看到校長那穿着黑衣裳的高大身影，便嚇得趕快跑回家！母親說，自從校長的愛子因為當志願兵陣亡後，他的笑容消失了，甚至打算辭職，只是一直捨不得學生吧。

有一天，父親正在和校長討論他的辭職問題，有一個人帶着孩子來登記上學，校長看見孩子吃了一驚，原來他的模樣和他的兒子十分相像。校長望望他又望望桌上兒子的照片，感到難以置信。校長把他拉到跟前，仔細看他，又為他登記名字。

～ 十一、奈利的保鏢 ～

　　小駝子奈利是個好孩子，讀書很用功，成績也好，就是身體太瘦弱了，有時連呼吸都挺困難似的。他的面容蒼白，卻總是愛穿着一件黑外套。他的母親很愛他，每天都會來接他放學。

　　剛開學時，有些同學喜歡拿奈利的駝背來開玩笑，甚至故意去碰撞他。奈利是不反抗的，也不敢告訴媽媽，免得她擔心，自己就常常默默地坐在座位上流淚。

知識泉

駝背：由於脊椎骨缺乏鈣質，或是因為骨折、發炎，支持力不足，引起脊柱向後彎曲的現象。

　　有一天，加朗實在看不下去了，突然跳起來，對正在欺負奈利的同學大叫：「誰敢再碰奈利，我叫他吃我一拳轉三圈。」頑劣的弗蘭提不相信，被加朗狠狠揍了一頓，還真的轉了三圈！此後沒有人再敢嘲弄奈利了。

　　老師知道後，便讓奈利和加朗坐在一起。他們變成了好朋友。加朗細心照料奈利，為他撿起掉在地上的課本、鋼筆，又替他穿外套，不讓他做費氣力的事。奈利則以加朗為榮，每當老師稱讚加朗時，他可從心底裏高興，好像老師在讚美他自己一般！

　　想必是奈利把加朗的義勇行為都告訴母親了，今

天我到校長室交功課表時，看見奈利的母親要求見加朗，校長答應了。

當加朗一面詫異地跑入校長室時，奈利的母親便擁抱着加朗説：「你就是加朗，你保護了我的兒子，真是一個勇敢的孩子啊！」她從頸上解下一條有小十字架的項鏈，套在加朗的脖子上説：「戴着作紀念吧，我會常常為你禱告的。」

知識泉

十字架：在古羅馬帝國，是用來釘死罪人的刑具。由於耶穌被釘死在十字架上，因此後人以十字架象徵犧牲和拯救。

十二、班長狄洛西

　　加朗令人愛戴，班長狄洛西卻令人衷心佩服。且不要說他每年都考第一。在其他方面，無論是語法或是繪畫，他都勝人一籌，而且學得又快又輕鬆。老師就曾讚他天分高，要他好好地珍惜天賦。

　　除了學習出色外，狄洛西還是一位相貌俊美的金髮少年。他身手靈敏，才十二歲，已精通劍術了。他的家庭十分富裕，可是狄洛西毫不驕傲，對誰都是高高興興、和和氣氣的樣子，又肯幫助別人。班上的同學都很尊重他，不會隨便開他的玩笑。只有像弗蘭提這些小壞蛋才妒恨他吧，狄洛西可不在意呢！

　　他是我們的班長，當他收集我們的功課簿時，大家都喜歡向他微笑，或拉手示好。每當他在家裏得到小禮物，他總會分送給同學們。他還特別為來自喀拉布里亞的同學，繪一張他家鄉的地圖送給他呢！一個

這樣善解人意的班長怎不受到大家的熱愛呢？

可是，我也有嫉妒狄洛西的時候。那就是當我學習遇到困難時，一想到狄洛西早已輕輕鬆鬆完成了，心裏就會忍不住生氣。然而，第二天到學校看見狄洛西，他俊美的笑容、優雅識禮的神態以及與老師對答如流的傑出表現，又一次令我折服了。我的惱恨隨之消散，取而代之的，是一種能和他一起學習的榮譽感。他的神采，已成為我快樂和信心的來源。

這天，老師把明天要講的故事《小偵察員》交給狄洛西，要他謄寫一遍。在他進行時，一定是受了故事的感動，臉孔漲紅了，眼泛淚光，他那神情是多崇高，多正直啊！我真想對他說：「狄洛西，你什麼都比我強，我由衷地佩服你！」

十三、小偵察員 (每月故事)

1859年，法國和意大利為了解救倫巴底，聯軍和奧地利作戰，這個故事便發生在這場戰爭期間。

知識泉

倫巴底：位於意大利北部，阿爾卑斯山與波河之間。在意大利統一之前，屬於奧地利。

6月一個晴朗的早晨，一名軍官和一名軍曹帶領着一小隊騎兵，沿着鄉間的小徑向敵方前進，查探敵人的蹤跡。他們走到一家農舍前，赫然發現一個年約十二歲的男孩，正在用小刀切削樹枝。農舍的人都逃光了，只有窗前的**三色旗**[①]在飄揚，軍官大感驚奇，便向男孩查問。原來他被親人遺棄了，平日就靠做些雜工維持生活，因為想看打仗，便留下來了。

「最近有沒有看見奧軍？」軍官問道。

[①] **三色旗**：意大利國旗分綠白紅三色。

「沒有，這三天都沒有看見。」

軍官沉思一會，爬上屋頂，希望發現敵蹤。可是房子太矮了，看不到遠處。他就走下來，往周圍環視一圈，看見屋前有一株細高的樹，正好用來偵察。他看看孩子，又看看樹，向孩子問道：「你的眼力好嗎？」

「當然好，一英里外的鳥兒都能看見。」

「能爬到樹頂嗎？」

「半分鐘就能爬到。」

「那麼替我上去看看有沒有敵人的蹤影，或煙塵和刺刀的亮光等。該給你多少報酬呢？」

「不用報酬，我是倫巴底人，正要為自己人做點事呢！」孩子爽快地答道。他脫掉鞋，扔下帽子，像貓般靈敏地爬上樹去。軍官怕他被殺，猶豫地叫了他一聲，終於還是讓他爬上了樹頂。

孩子爬得很高，半身藏在樹叢裏，金黃色的頭髮

卻在陽光下閃閃生輝。

「一直往前看。有發現嗎？」軍官高聲叫道。

「路上有兩個騎馬的。」孩子用手圈在嘴上回答。

「有多遠？」

「大約半里。」

「看看右邊。」

「墓地的樹叢裏有亮光，大概是刺刀，敵人可能藏在草叢裏。」這時突然嗖的一聲，一顆子彈向農舍射來。

軍官大吃一驚，喝令孩子下來。可是他還要向左方觀察。另一下更尖利的子彈聲響起了，子彈從孩子的身邊擦過。

「下來。」軍官生氣地高叫道。

「左邊教堂那兒……」孩子的話還未說完，第三聲刺耳的嘶聲剛起，孩子就張開手臂，畢直地從樹頂墜落下來。軍官狂叫着跑過去，看見孩子仰着面躺在地上，鮮血正從他左邊的肺部流出來。

「還有氣呢！」軍曹説。

「好孩子，難能可貴的好孩子。」軍官試圖為他止血，然而孩子的眼珠微轉一下，便仰頭死去了。

軍官把自己的斗篷攤在地上，把孩子的屍首放上去，默默地向他告別。

突然他想到一個主意，他把窗上的三色旗取下來，覆蓋在孩子的身上，又把小孩的遺物放在

他身旁，然後向眾人説：「這孩子是為國犧牲的，我們要以軍禮來向他道別！」他們向孩子行了最崇高的敬禮，才騎馬離去。

日落時，意軍的前衞隊全線向敵方驅進。孩子為國捐軀的消息早已傳遍全隊。當他們經過樹下覆蓋着三色旗的小屍體時，都舉劍致敬。

有一個軍官特意在鄰近的河

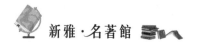

邊摘下花朵，撒在孩子的身上。其他人爭相仿效，不一會兒，孩子的身體就被花開海掩埋了。

「倫巴底的小勇士，安息吧！意大利以你為榮。」 一名將領高聲說道。他還把自己的勳章拋了過去。

花兒像雨點般向孩子撒過去，他靜靜地躺在三色旗下，接受軍人的敬禮，那蒼白的臉安祥地帶着一絲微笑，好像為自己的捨身而感到驕傲。

十四、小商人卡洛斐

　　爸爸希望我和同學們都成為好朋友，就叫我邀請他們來家裏玩。今天來的是卡洛斐。他就是那個長着鷹鈎鼻，小眼珠常骨碌骨碌地轉着，滿腦子生意經的小商人。他家裏是開雜貨店的，他也學得一手快速數錢的本領，常把零用錢拿出來數。可是他絕不會隨便花費，就是掉了一分，也要千方百計找出來。

　　他最喜歡收集東西，無論是舊鋼筆，小別針，或是殘餘的蠟燭頭，他都會收藏起來。舊郵票更是他的最愛，他已經收集了兩年多了，有好幾百張，貼在一本大集郵冊內。他說待貼滿了，就拿到書店去賣。

　　在學校裏，他常和同學們進行小買賣，或是以物換物，換到不太中意的，又會再轉賣出去。他對投資很有心得，隨身帶了一本小賬簿，上面密密麻麻地記着交易的賬目。

　　卡洛斐就是這樣的一個人，我挺喜歡他的。今天我和他玩買賣估價的遊戲，他顯示了他熟悉各種貨物市價的能力。他還擅長包裝貨物呢！我送了幾張外國郵票給他，他高興極了，還告訴我每張的買賣價。爸爸假裝看報紙，其實他也被卡洛斐的説話吸引住了，還聽得津津有味呢！

　　卡洛斐的衣袋裏總是滿載小商品，外面就罩上一件大黑袍。我看他真像個小商人，他的表情總像是在盤算着什麼似的。

　　許多同學都討厭他的**市儈**[①]，我卻覺得他很特別，他也教了我不少知識呢！高列提説，要是有一天，要用卡洛斐的郵票來救他的母親，恐怕他也捨不得吧！

　　爸爸卻説：「不要太主觀去判斷人，他雖然喜歡經營賺錢，但我想他還是個重感情的人。」

[①] **市儈**：原指商業上買賣的中間人，隨着時代的發展，現在一般用來指那些貪圖私利、投機取巧的人。

十五、小石匠

這個周末，小石匠依約到我家來玩了。他穿着一身他父親的衣服，上面還沾着石灰。一進門，他就把布滿雪花的帽子摘下來，塞在衣袋裏。然後，他那圓圓的臉就向四周張望。當他看見牆上的小丑畫像，不覺就扮起他最擅長的兔臉來，那表情真是有趣極了。

我和他一起玩積木，發現他對築**塔**①架橋很有天分。他那股認真勁兒，簡直就跟大人一樣。我們一邊玩，一邊談天。原來他們住在**閣樓**②裏，父親半工半讀，母親給別人洗衣服，幫補生活。我猜想小

---

① **塔**：高聳而屋頂尖的建築物。
② **閣樓**：房屋屋頂下的小空間。

石匠的父母一定很疼愛他，他的衣服雖然破舊，但總是整整齊齊，很暖和似的，就是領帶也是結得一絲不苟的。

小石匠的父親是一個身材高大的人，出入門口都得彎腰。可是他的兒子卻是個小個子。他爸爸最喜歡叫小石匠「兔臉」。

下午吃點心時，小石匠衣服上的石灰把椅子弄灰白了。我正要擦拭，爸爸卻阻止了我，隨後他才悄悄地抹了。

小石匠在玩遊戲時，把衣服上的鈕扣弄脫了，媽媽給他縫補，他就紅着臉在一旁觀看。

我給小石匠看漫畫，他邊看邊模仿，作出各種滑稽相，把爸爸都逗樂了。

今天小石匠他玩得很高興，離開時，連帽子也忘記戴上。出門前，他又再裝一次兔臉來作道別。

小石匠的真實名字叫安東尼奧，今年快滿九歲。

安列高：

你知道我為什麼阻止你擦拭椅背上的石灰

嗎？因為這樣一來，就表示了你的責備和不滿。
小石匠是無意的，而且那石灰是由他父親在勞動
時帶來的。凡是從勞動中帶來的都不是骯髒的東
西，明白嗎？

爸爸

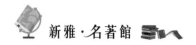

十六、雪球惹的禍

下雪了，孩子們都興奮到不得了，都跑到街上去擲雪球玩。他們把雪捏成硬球，互相丟擲，路人都紛紛閃避。忽然一聲慘叫，一個老人隨即雙手掩面，滾在地上。一個孩子大聲叫道：「救人啊！救人啊！」老人的眼睛被打傷了。

玩雪球的孩子一下就作**鳥獸散**①。那時我正好在書店前等爸爸出來，迎面看見加朗、高列提、小石匠和卡洛斐走過來，混在人羣裏假裝看櫥窗。警察高聲問道：「是誰扔的雪球？誰幹的？」還一面查看孩子的手是不是濕的。

卡洛斐就站在我身旁，臉如白紙，全身發抖。這時加朗靠過來，低聲對卡洛斐説：「快承認吧，遲了更糟糕啊！」

---

① **鳥獸散**：比喻成羣的人紛紛散去。

「我不是故意的。」卡洛斐聲音都變了。

「不是故意也得要承認啊，來，我陪你過去。」加朗抓着卡洛斐的手臂，像扶着病人似的半推着他走過去。

羣眾一下子就猜到是誰闖的禍，有幾個人提起手就要打卡洛斐。加朗大聲説：「你們是這樣對付一個孩子嗎？」他們才縮回拳頭。

警察抓着卡洛斐的手，走到一間點心店內，這時傷者已被抬到那兒了。

我一看老人，原來是我們五樓的鄰居。他用手帕蓋着眼睛，躺在長椅上。

卡洛斐驚駭得不得了，低聲説道：「我不是故意的。」忽然有人大喝：「跪下來認錯！」兩三個人就把卡洛斐推在地上。

這時一個人走上去，把卡洛斐抱在懷裏，然後對着羣眾説：「他既然已承認錯誤就原諒他吧！他還是個孩子啊！」

大家都靜默了。卡洛斐大哭起來，老人卻對他

說：「回家吧！孩子！」

　　回程時，父親問我：「在這種情況，你有勇氣承認錯誤嗎？」

　　「我會的，爸爸。」我答道。

十七、珍貴的禮物

今天我謄寫好下周要用的《每月故事》後，爸爸叫我一起去探望眼睛受傷的老人。

老人的居室很陰暗。我們進屋時，他正半躺在牀上，妻子和姪孫都在陪伴他。老人的眼睛還用紗布包紮着。他很高興我們去探望他，連聲請我們坐。他說他已經好多了，就是擔心那孩子──卡洛斐太自責。

這時門鈴響了，大家都以為是醫生來覆診，哪知道來的竟然是卡洛斐。他穿着長長的外套，靜靜地站在門外，不敢進來。

老人問道：「是誰？」

父親說：「是擲雪球的孩子。」

老人知道是卡洛斐，馬上就說：「孩子，快進來。我已經好多了，不要再擔心了。快過來吧！」

可能是屋子太暗，卡洛斐沒有留意我們。他壓抑

着淚水走到老人跟前。老人輕輕地撫摸着他，説道：「回去告訴你父母，我好多了，不必再掛心。」

卡洛斐臉上的表情有點猶疑不定。老人説：「還有什麼事嗎？」卡洛斐搖搖頭，老人便説：「回去吧，不必掛念了。」

老人的姪孫送卡洛斐到門口，卡洛斐突然從長外套內抽出一樣東西，塞在老人的姪孫手上説：「給你。」然後就飛快地跑了。

那孩子把東西交給老人。老人打開摸摸看。噢，那東西竟然是卡洛斐平日視同生命般珍貴的集郵冊，上面還寫着「贈送」兩個字。

我頓時感動萬分，因為我知道這集郵冊對卡洛斐來説，有多珍貴。

十八、少年筆耕（每月故事）

祖利奧是一個皮膚白皙、頭髮黑亮的少年，今年十二歲，念小學四年班，和家人一起住在佛羅倫斯。

他的父親在鐵路局工作，薪金微薄，卻要養活一大家人，全家的生活過得很艱難。祖利奧是家中的長子，父親十分疼愛他，但對他的學業卻十分嚴格，因為他希望祖利奧能早日畢業，為他分擔養家的重擔。

為了增加收入，父親在晚上還替雜誌社抄寫訂戶的郵寄名單。用大大的正楷體書寫，每五百張才賺三個里拉。父親有時累極了，不免訴起苦來。祖利奧

知識泉

佛羅倫斯：位於意大利中部。在羅馬帝國時代是翻越亞平寧山脈的交通要道。15世紀，展開了文藝復興運動，留下許多達文西和米開朗基羅的美術作品。

雜誌：在一個大主題下（例如：政治、文藝、體育、電影等），蒐集各種文章、照片、插圖編輯而成的定期刊物。起源於17世紀。當時法國書籍的出版商為了介紹新書，曾發行圖書目錄。

提出要為父親分擔工作，父親斷然拒絕。他說：「你的學業比什麼都重要，不要再提了。」

祖利奧了解父親，不再強求，決定暗中幫助他。他知道父親每晚在十二時正，便會回臥室休息。一天晚上，他待父親熟睡後，便輕輕地摸入小書房，燃起煤油燈，模仿父親的筆跡飛快地寫起來。他的心情可說是又緊張又興奮。待寫了一百六十張，夠一個里拉了，他才滿意地離去。

第二天，父親毫不察覺。因為在他抄寫時，他是從不計數的，每每要到翌日才計算。今天這多出的數量真夠令他高興的了。他拍着祖利奧的肩膀說：「你的父親還中用啊！」祖利奧看着父親發亮的面容，決定就這樣幹下去。

知識泉

煤油：在攝氏150度至300度之間揮發的石油叫煤油，又稱火油。可用來燃燈，也可以供石油爐、噴射燃料機之用。

父親一直沒有發現真相，只是奇怪煤油費增加了，可他沒有再追究下去。

然而，每晚熬夜的工作漸漸令祖利奧累壞了。早上他爬不起

牀，晚上溫習時又打瞌睡，對學習提不起勁了。父親開始對他不滿，對他說：「祖利奧，你變了，我實在對你難以容忍，難道你不知道，我們把希望都寄託在你身上嗎？」祖利奧第一次被父親如此嚴厲地責罵，心裏難受極了。他心想，該是停止的時候了。

可是在晚餐時，父親宣告這個月多賺了32個里拉，並拿出糖果來慶祝。祖利奧又被大家高興的樣子鼓舞起來。然而，父親卻指着他說：「可惜這孩子令我生氣呀！」祖利奧聽了，心裏感到悲喜交集。

此後，祖利奧仍舊繼續工作，但健康越來越差了。父親卻越加生氣。他到學校探問祖利奧學習的情況，老師說：「他的成績還是好的，但顯然是鬆懈了，連作文也只是馬虎應付。」當晚父親更嚴厲地斥責祖利奧：「為了你們，我拼命加班，你就不為我們着想嗎？」祖利奧正想好好向他解釋，父親卻緊接着說：「家裏窮，大家都要加倍努力啊，我不是在做雙倍的工作嗎？我原指望這個月發的獎金已經被取消了，你知道嗎？」聽到這裏，剛浮起要解釋的念頭，

又從祖利奧的腦海裏消失。

漸漸地，父親對祖利奧的態度冷淡了，有時甚至別過臉去，也不願意看他一眼，祖利奧十分傷心。每天他都想下決心停止，可是每當十二時一到，他又控制不住自己，好像怕有負家人似的。他在心底裏暗暗地希望父親盡快發現真相，讓事情自然結束。他自己是不願意主動去説明的。

一天晚上，父親的一句狠話讓祖利奧下了決心。晚飯時，母親發現祖利奧的面色糟透了，她問祖利奧是否生病。這時候父親冷冷地看他一眼説：「他變壞了，用功學習的時候可不是這樣的。我以後都不再管他了。」

祖利奧的心緊緊地收縮着。以前老是擔心他生病的父親，現在不管他了，該怎麼辦啊！「爸爸，我不能沒有你的愛，我把一切告訴你吧，請你再愛我，我停止工作了。」他心裏想。

那天晚上，他習慣地又醒來了。他決定到書房再看一眼，作個告別吧。

他走進去，撫着書桌上的紙筆，心裏依依不捨。一不留神，把一本書碰倒在地上，發出一聲巨響。他嚇呆了，一時手足無措，不知怎辦。「要是把父母親吵醒了，他們該有多吃驚啊。雖然不是做壞事，但總會引起父親的愧疚吧！」千百個念頭一下子湧上了他的心頭。待他冷靜下來，發現周圍一片靜寂。街上偶爾傳來警察的腳步聲、馬車的車輪聲；貨車隆隆地駛近了，又遠去了。他很自然地拿起紙張又抄寫起來，毫不察覺父親在貨車聲的掩蓋下，已經來到他身後。

父親僵直地站在兒子的身後，看着他

揮筆疾寫，心底裏突然一片明亮。啊！明白了，一切都明白了！他激動地一下子摟緊了兒子，不斷地吻他。祖利奧大吃一驚，當他知道是父親時，他說：「原諒我，爸爸，請原諒我！」父親嗚咽着說：「請你原諒我才對，是我對不起你！」

父親把祖利奧帶到母親的牀前說：「快親吻這孩子，他為家人賺麪包，代我受苦，而我卻責備他。」

母親緊緊摟着兒子，說不出一句話來。最後她請父親帶他回去好好的睡一覺。

父親抱着祖利奧回卧房，替他蓋好被，輕撫着他，要看着他入睡。祖利奧確實累壞了，現在多個月來壓在心裏的重擔卸下了，他馬上就沉沉入睡。第二天醒來，他看見父親蒼白的頭緊貼在他的胸前，他們就是這樣睡了一夜。

十九、堅毅不拔

今天班裏發生了兩件出人意表的事。一是眼睛受傷的老人，把卡洛斐的集郵冊交還給他了，還附送了三張危地馬拉的郵票。這把卡洛斐樂瘋了，因為那些郵票正是他夢寐以求的。另一件，是外表笨笨的史泰迪居然考上第二名，僅落後於狄洛西，真是令人驚詫不

已。還記得開學初期，史泰迪的父親當眾向老師說：「這孩子笨得很，請老師多費心。」

大家都以為史泰迪是大笨蛋，可是他卻信心百倍地說：「不勝利，不罷休。」自此就拼命用功。無論何時何刻，在任何地方，他都拿着書本啃！啃！啃！誰要礙着他，可要給他踢一腳呢！開學時，他真是什麼都不懂，計算錯漏百出，文法也不對。現在無論是

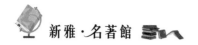

算術或作文，他都表現出色，讀起課文來更是琅琅上口啊。

　　看史泰迪的外貌，就知道他是個堅毅不拔的人：他的身材短小壯實，方頭方腦，連脖子也彷彿消失了。此外，他的手指短短的，聲音粗粗的。看看他隨時都在學習，拿到什麼便讀什麼。據說他已經儲了一大櫃子的書。他從來不和別人交往，也從不曠課，上課時就捧着腦袋細心聽講。老師在頒獎時特別稱讚他說：「有志者，事竟成，做得真好。」史泰迪笑也不笑，嚴肅地坐下來，更用心聽講了。

　　最有趣的是史泰迪的父親，今天他來接兒子放學時，知道史泰迪居然得獎，哈哈大笑着說：「喔！這呆子居然拿獎了，真是好傢伙！」大家都笑了，只有史泰迪還是板着面孔。大概他的腦袋已在默默運作，背着明天的書呢！

二十、史泰迪的珍藏

史泰迪就住在學校對面，每次我去玩，看到他的藏書，心裏就羨慕得很。

他們並不是富裕人家，可是史泰迪很會收集書籍。無論是學校用的書，親友送贈的書，他都好好地保存起來。得到零用錢，他也只是用來買書。

史泰迪的父親給他買了一個胡桃木書架，外面還裝上一幅綠簾，作遮蓋用的。

史泰迪就按自己喜愛的顏色來包裝書本，外面又用金色字寫上書名，分三列整齊地排在書架上。要看書時，把綠簾旁邊的細

繩一拉，簾子便會捲在一旁，露出三排顏色搭配適宜的書冊來，好看得很。他的藏書包括有畫冊、詩集、故事、遊記等等，十分豐富。

史泰迪又為藏書編了圖書目錄，好像圖書館館長似的。每有空閒，史泰迪不是變換一下圖書的排列方式，就是為書本掃掃塵，檢查一下裝訂線，又或是翻翻這頁，看看那頁。每次我有見他用那短短的手指，溫柔地撫摸他的書本時，那個樣子真是有趣極了。我想，這正是他的最大樂趣吧。

有一次，他父親走過來，拍着兒子的後頸對我說：「你看我這笨笨的兒子怎樣？有點前途吧？」史泰迪半閉着眼享受着父親的撫摸，神情十分陶醉。不知怎麼的，我竟然不敢附和着開史泰迪的玩笑，雖然他只是比我大一歲吧。

回到家裏，我對父親說：「史泰迪既不聰明，長相又可笑，不知為什麼，我總覺得他值得敬佩。」

爸爸說：「因為他有堅毅的性格呀。」

我又說：「每次我到他家裏玩，他只讓我看書，什麼玩具都沒有。他甚至笑也不笑一個。但是我卻很喜歡接近他，真奇怪啊。」

爸爸笑着說：「那是因為你衷心佩服他吧。」

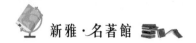
二十一、鐵匠的兒子

我喜歡接近史泰迪，但也希望向彼哥斯表達友誼。彼哥斯就是那個身體瘦弱、神情憂鬱，整天向別人說「對不起」的鐵匠兒子。聽說他的父親常常喝得醉醺醺的，然後就拿他出氣，摔他的課本，或是把他打得鼻青臉腫。儘管如此，彼哥斯卻還是維護父親，不承認被虐待；在學習方面，他更是不甘人後。

有一次，他的筆記簿被燒掉了一半，老師查問時，他就說是自己不小心。其實是他父親發脾氣時，踢翻了油燈燒的。他就住在我們樓上的頂樓，門房把他家的家事都告訴我的媽媽了。有一次，彼哥斯的父親甚至因為他買文法書的事，把他踢下樓梯呢。他的父親沉迷飲酒，不肯工作。彼哥斯因此常餓着肚子來上課。有時只吃點加朗給他的麵包，或是女老師給他的蘋果，可是他絕不會說他父親半句壞話。

　　偶爾他父親經過學校，也會來接彼哥斯放學。每次他看見父親就發抖，但仍然以笑臉相迎，只是他父親卻視若無睹。

　　彼哥斯總是想盡辦法把筆記簿修補好。有時不得不借同學的書來溫習。他常常穿着破舊而且過大的衣服來上課，每到體育課就狼狽不堪，因為他根本不能靈活走動。儘管有着這種種困擾，他仍是努力不懈地學習。

　　今天，他又帶着傷痕上課來了。大家都叫他把父親虐打他的事告訴校長，由校長來勸說他的父親。彼哥斯大聲說「沒有」，可是上課時他卻默默流淚呢！

　　明天狄洛西、高列提和奈利會來我家玩，我也邀請了彼哥斯一起來。明天我要讓他好好地吃一頓，給他玩最好的玩具，還要送他糖果，讓他帶回家。

　　這樣善良的孩子，得要讓他過得開開心心，就是一天也好吧！

二十二、少年鼓手 (每月故事)

1848年（注：1848年是意大利統一運動奠定基礎的一年，亞爾柏特國王成為領袖，並頒布了充滿自由精神的憲法）7月24日，是喀斯托扎戰役的第一天。意軍的步兵部隊被派遣到一處高地，佔領一間空屋。哪知道一到那裏，馬上就受到兩個連的奧地利軍隊猛襲。意軍只好退入空屋內，奮力抵抗。

帶領步兵隊伍的是一名頭髮花白、神色嚴厲的上尉。在他身旁，有一名來自薩丁尼亞島的少年鼓手。他十四歲多了，可是看來只像十二歲。他的皮膚稍黑，眼睛明亮。

上尉鐵青着臉，在二樓不停地發號令。小鼓手面色發白，但

知識泉

連：軍隊中編制的單位。

上尉：現代軍隊編制中的第三級軍官。位於校級之下。

薩丁尼亞島：位於地中海，隔着第勒尼安海與意大利遙遙相對。

也鎮定地站在桌子上，不停向窗外窺探。他看見奧軍正一步步逼近。這房子建築在高崖上，向崖的一面只有頂樓有個小窗，所以敵人都從兩側和正面進攻。他們的攻勢十分凌厲，兇猛的炮火把門窗、屋瓦、傢具、炊具等等炸得粉碎。木片、玻璃滿屋子亂飛，尖銳的子彈聲簡直能震破人的腦袋。步兵憑窗反擊，一倒下便有人補上。不久，屋內的呻吟聲漸漸多起來了。

沉着的上尉也開始顯露不安，他把鼓手召上頂樓，嚴肅地問道：「鼓手，有勇氣嗎？」

少年目光炯炯的大聲回答：「有，上尉。」

上尉領他到窗旁，對他説：「看見那平地上的房子嗎？有刺刀反光的地方，便是我們的軍營。你拿着我寫的字條，順着繩子爬下去，下陡坡，過田野，看見軍官就把字條交給他吧。現在解下你的背囊和皮帶。」

少年解下累贅的東西，把字條塞在胸前的衣袋裏，緊緊抓着繩子，讓上尉把他縋下去。

「小心，我們能否得救，就看你的了。」上尉叫道。

「相信我，上尉！」

「下坡時要彎下腰呀！」

「放心吧！」

小鼓手一到地面就飛快地跑起來。上尉緊張地看着他。

小鼓手一鼓作氣地跑，差不多到達時，突然在他身旁冒起五六處硝煙來。他已經被發現了，敵人正要射殺他。鼓手仍舊不顧一切地跑着，突然他一屈膝，就倒下了。上尉猛叫一聲「糟了！」少年竟意外地又站

起來。上尉長吁一口氣說：「幸好只跌一跤！」

鼓手又再奔跑，但看起來有點跛。上尉心裏想：「腳扭傷了吧！」這時奧軍又再向鼓手射擊，畢竟太遠了，子彈都落空了。上尉不覺歡呼起來，因為要是

字條送不到，步兵隊就只有坐以待斃了。

可是，鼓手衝了一小段，又停了下來，然後就邊走邊停，像很吃力的樣子。「大概受傷了吧。」上尉想。心裏不禁焦急起來。這時樓下傳來傷兵的慘叫聲和子彈的爆發聲，上尉更煩躁了。「快跑呀，該死

的東西！」

　　一個軍官喘着氣來報告，敵人已高舉白旗來誘降了。

　　「不要理他。」上尉高聲叫道。

　　少年已走到平地，他像是要拖着身子前進，突然一下子又倒下了。上尉氣得大叫：「讓他們把你打死算了！」就在這一刻，鼓手的頭又再從**莊稼**[1]地上抬起來，他蹣跚地走入一片籬笆後面，然後就消失了。

　　上尉匆匆走下二樓，看見滿地都是死屍和傷兵，血漬斑斑，連副官的手臂都被打折了。

　　「救兵快到了，打起精神來！」上尉嘗試鼓舞士氣，可是步兵們都露出絕望的神態，再也不能堅持了。

　　突然，奧軍在外面齊聲地吼叫起來：「投降吧！」

　　上尉狂叫一聲「不」，雙方又再火併。「援軍不

---

① **莊稼**：所有農作物的總稱。

來了。」上尉心裏想。他緊握着劍，準備戰死。

一個軍曹突然從頂樓跑下來說：「援軍來了！」步兵隊員一時精神大振，衝上窗口向敵人全力反擊。當援兵到達時，他們更衝出去和敵人肉搏。敵軍一下子就潰敗了。

第二天，兩軍又再次對抗，然而，意軍卻失敗了。終於要在二十七日向河邊撤退。到了後方，上尉立即到野戰醫院，四處尋找先被送來這裏養傷的副官。正當他全神在尋找時，他聽見有人用微弱的聲音在呼叫他：「上尉。」

他回頭一看，原來是小鼓手。他躺在吊牀上，身上蓋着一條粗布窗簾。上尉吃了一驚，說道：「嗯，你在這裏？」然後他用着素來嚴厲的語氣說：「你真了不起，救了大家。」

「我只是盡了責任吧！」

「你受傷了嗎？」

「不用替我擔心，上尉，你的手還在流血，讓我替你包紮好吧！」

小鼓手奮力抬起頭來，要為上尉重新包紮。可是他的臉色一下子煞白了。上尉對他說：「你一定流了不少血吧？」

「流血？」少年微笑着說，「豈止是流血？請看這裏。」他揭起窗簾，上尉赫然發現，他的一條腿已被齊膝切去。傷口上的紗布被鮮血染紅了。

這時，一個軍醫走進來，對上尉說：「真不幸呀，要不是他這樣拼命跑，那條腿是可以保留的。多勇敢的少年啊！哼也沒哼一聲。我為他動手術時，他還以自己為意大利人而自豪呢！」

上尉靜默地凝視着少年，為他蓋上窗簾，然後肅立着從頭上摘下帽子，向他行禮。少年鼓手吃了一驚，說道：「上尉，你怎麼啦？」

這位素來嚴厲的上尉溫和地說：「我只是個小小的上尉，你卻是我們的英雄！」說罷，他緊緊地擁抱着少年，表達自己無限的敬意。

二十三、頒獎後的驚喜

今天，留着白鬍子的督學到學校來頒獎。他把第一名頒給狄洛西後，就與校長低聲談起來。

大家心裏想，是誰得第二名呢？

督學隨即就宣布了：「第二名，彼哥斯。他無論在功課、考試及操行上都表現優秀。彼哥斯，上前來領獎吧！」

大家熱烈地鼓掌，彼哥斯卻有點不知所措地走上前去。督學憐憫地望着他那一身不合身的衣裳，和那蒼白的臉，把獎章輕輕地掛在他的脖子上，對他説：「彼哥斯，今天把獎章頒給你，不單是表揚你的勤奮和出色表現，更因為你的勇氣和孝行。你是父親的好孩子。」督學轉過頭來，問大家説：「對不對？」

「對！」大家轟聲回答。

彼哥斯嘴唇顫動，感激地望着大家，走回座位

上。

　　放學時，彼哥斯的父親意外地出現在學校門外。他面容慘白，頭髮散亂，兩腿還發着抖，大概又是喝醉了。老師看見了，就低頭告訴了督學。

　　督學牽起發抖的彼哥斯的手，走到鐵匠跟前，像對老朋友談話一般，愉快地對鐵匠說：「你就是彼哥斯的父親嗎？嗯！真恭喜你，你的兒子在五十四名同學中，考得第二名。無論是算術或作文，都很出色，將來一定有成就。而且他天性善良，得到所有同學的尊敬，你一定引以為傲吧？」

　　鐵匠張大嘴巴，一副難以置信的樣子。他回頭看看全身顫抖的兒子，忽然，他流淚了。他像是深深地懊悔自己從沒有善待兒子，而兒子卻處處為他隱忍。他緊緊擁抱着彼哥斯，眼中流露着無限的慈愛。

　　當大家經過他們身旁時，同學們有的摸摸彼哥斯的頭，有的向他點頭道別，有的摸摸他的獎章。鐵匠驚訝地望着同學學們對他兒子的致意，而彼哥斯就倚在父親的懷裏，強忍着歡欣的淚水，不讓它淌下來。

二十四、玩具火車

今天，彼哥斯和加朗一起到我家裏來。這是加朗的第一次來訪。他顯得有點害羞，父親卻隆重地把他介紹給母親。

「這就是加朗，他不但是個高尚的少年，更是一位有正義感的紳士。」

加朗垂下他那顆大腦袋，偷偷地向我靦腆地笑笑。

彼哥斯仍戴着那獎章，顯得十分開心。因為他的父親已經重新投入工作了，而且已有五天滴酒不沾，還帶彼哥斯去鐵工場幫忙，簡直是判若兩人啊！

我把所有的玩具都拿出來。那上了發條就可以自己走動的小火車，馬上吸引着彼哥斯。他是從來沒見過這種玩具的。

知識泉

發條：又稱為彈簧。是利用物體的彈性，吸取能量，來推動機器轉動。

　　我把鑰匙交給他，他就跪在地上專注地玩起來。他的臉孔不時露出驚喜的笑容，口裏還不斷說着「對不起」，又不停地打手勢，要我們不要攔阻火車的前進。

　　我從來沒有見過彼哥斯如此快樂的神情。我們都圍在他身旁，看着他玩耍。當我的目光觸及他那瘦削的脖子，流過血的耳朵和枯乾的手臂時，心裏突然有股衝動，要讓他分享我所有的玩具和故事書。也許，就把這小火車送給他吧。

　　正當我想得入神時，父親塞了一張字條給我，上面寫着：「彼哥斯很喜歡你的小火車，他沒有玩具吧？你想該怎麼辦呢？」

　　我毫不猶豫，立刻拿起小火車，放在彼哥斯手裏說：「送給你吧！」

　　彼哥斯好像聽不懂似的，愣住了。

　　我又說：「把這送給你。」

　　彼哥斯驚異了，望望我，又望望我父母，問我：「為什麼？」

爸爸説：「因為你是安列高的好朋友。就作為你得獎的禮物吧。」

彼哥斯怯怯地説：「我真的可以拿回去嗎？」

「當然！」我們齊聲回答。

彼哥斯興奮得嘴唇都顫動起來，他説：「下次你們到鐵工場，我把釘子送給你們吧！」

媽媽給加朗的鈕扣插上一小束花，對他説：「請帶給你的母親吧！」加朗大聲地答道：「謝謝！」他的臉孔又再露出靦腆的笑容了。

二十五、囚犯

今天發生的事情，真有點不可思議！

昨天爸爸帶我到郊外去，看看預訂下來的夏季度假屋。管理員曾當過教師，在我們看過房子後，請我們到他的家喝茶。爸爸被他家裏一個雕刻細緻，木製的圓錐形墨水瓶吸引住了，於是管理員說起它的故事來。

「它對我來說，十分珍貴！」他這樣開始了他的敍述。

多年前，他在丘林鎮教書，曾給監獄裏的囚犯上過一個冬天的課。地點是在監獄的禮拜堂裏。

禮拜堂是一座圓形的建築物。上課時，囚犯就各自站在圍攏着禮堂的小房間內，隔着有鐵欄的小窗口聽課。老師就在昏暗而冰冷的教堂內教授。囚犯中最用功的，是七十八號。他是一個留着黑鬍子的年輕

人，聽課時，總是用感激和尊敬的眼神望着老師。他原來是一個木工，因為受不了主人的虐待，用**鉋子**① 誤殺了主人，被判入獄的。與其説他是個壞人，倒不如説他是個不幸的人吧。

在短短三個月的學習裏，年輕人已學會了讀和寫。而且，他讀得越多，越知道自己的錯誤，性情也就變好了。有一天，他請老師走近他的窗前，告訴老師他要轉到威尼斯的監獄去，他請求握握老師的手。老師伸手過去，他吻着説：「謝謝老師！」便離開了。老師縮手回來，發現手上留着年輕人的眼淚。自此便沒有再見過他了。

> **知識泉**
>
> 威尼斯：意大利著名的水都。瀕臨威尼斯灣，城市建築在潟湖的沙洲上，市內以運河為交通通道。

「六年過去了。我差不多已忘掉這個不幸的年輕人！」管理員對爸爸説，「前天，有一位陌生人突然到訪，問我是不是某老師，我問他是誰？他説他就是

---

① **鉋子**：把木頭刮平的器具。

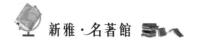

七十八號囚犯。」

「『六年前，承蒙老師的指導，我學會了寫讀。記得嗎？我離開時還握過老師的手，現在我的刑期滿了，想把一個我在獄中造的小禮物送給老師，作為紀念，好嗎？』我一時沒有回答，他以為我不肯接受，眼裏流露着痛苦的神色，我便趕快伸手出去接了。就是這個墨水瓶。」

我和爸爸仔細觀看，墨水瓶似是用釘子一點點地刻成的，真難想像有多費勁。蓋子上還刻了一支鋼筆擱在筆記簿上的圖樣，旁邊刻着「七十八號敬呈老師，作為六年來的紀念。」下面又用小字刻着「學習與希望」。

我們和管理員道別後，就離開了。回程途中，我一直想着這囚犯的故事，久久不能忘懷，可不知道最大的驚異還在後面呢。

今天考完算術後，我就把犯人和墨水瓶的故事，告訴了坐在身旁的狄洛西。狄洛西一聽就面色大變，抓着我的肩頭說：「小聲點。」他望望正在全神運算

中的可諾斯，説：「可諾斯曾説過，他父親從北美洲帶了一個墨水瓶回來。那樣子完全和你描述的一樣，刻字也相同。可諾斯説他父親由美國回來，難道其實是從牢裏釋放回來？啊！我們可要保守這秘密，不要説出去！」

我嚇呆了，一時不知所措。狄洛西要我以名譽發誓，保守這秘密。我答應了。

放學的時候，狄洛西説：「可諾斯的父親昨天來接他放學，今天可能還會再來的。」

我們走出學校大門，就看見可諾斯的父親站在他身旁。他的鬍子已花白了，穿着一身粗布衣，似在沉思。狄洛西刻意地跑去握着可諾斯的手説：「可諾斯，再見！」我效仿照着他的語氣，也説了同樣的話，但不知為什麼，我們的臉都紅起來了。可諾斯的父親笑笑的看着我們，但眼神卻流露出疑惑和不安，那目光把我們的心也看得發慌了。

二十六、赤子情真（每月故事）

三月裏一個下着雨的早晨，一個衣着樸素的鄉下少年，渾身濕透地走到拿波里一間大醫院的門前，遞上一封信給看門人，説要探望父親。

原來這少年的父親剛從法國工作回來，在拿波里一上岸就病倒了，入了醫院。他在病牀上寫了一封信給妻子，説明一切。由於家中另有病童，又要照料一個嬰兒，他妻子便囑咐長子前來照料父親。這孩子從拿波里的鄉下，走了三十里路，才來到這裏的。

看門人請一名護士領少年入內。少年忐忑不安地把父親的姓名告訴了護士，可她一時想不起是誰，便問道：「是從國外回來的老工人嗎？」少年説：「是

工人，可不太老。入院四五天吧！」

「嗯！一定是四號房裏的那一位！」

「他病得很重嗎？」少年試探道。

護士看他一眼，只說：「走吧！」便領着少年到樓上去。少年以為父親的病情很重，心裏十分害怕。他們走到走廊盡頭一間大病房前，門開着，左右兩排的病牀都躺着病人。他們有的在呻吟，有的愁眉苦臉，有的像死人一般地睡着。少年嚇得渾身發抖。他們走到房間最後的一張病牀前，護士拉開布幔說：「就是這裏。」

少年一看見病人的樣子就哭了。噢！天啊！可憐的父親，被病痛折磨得樣子都變了。他頭髮全白了，滿面鬍鬚，臉龐又腫又青，嘴唇腫脹得厚厚的，眼睛腫得留下一條縫，只有額角和眉毛還保留着過去的神氣。少年哽咽着說：「爸爸，是我！是西西洛！你看看我！」

老人努力地盯了西西洛一眼，喉嚨咕嚕一聲，又合上眼。「爸爸，你怎麼啦？你看看我！」西西洛哭

着叫喊，老人只是沉沉地睡，動也不動。

西西洛移過一張椅子，坐在牀前，腦海裏思潮起伏。他想起去年和父親離別的情景，想起家人對父親的思念，甚至想到父親死後的葬禮……

忽然有人拍了他一下，原來醫生來了。護士給他們介紹，醫生拍拍他的肩膀，就開始為病人檢查。好一會兒，醫生對他説：「你父親的臉生丹毒，情況十分嚴重，但還是有希望的，不必太絕望。好好地照顧他吧！」

「他認不得我了！」

「他會的，可能明天就會認得你。要樂觀一點，知道嗎？」

> **知識泉**
>
> 丹毒：因為外傷而感染葡萄球菌或鏈球菌的皮膚病。患者會紅腫、疼痛。又會引起高燒、淋巴腺腫脹、腦膜炎及敗血病等併發症。又名天火，赤遊和火癬。

醫生離開後，西西洛就當起父親的護士。他給父親掖掖被角，趕趕蒼蠅；隨時摸摸額角，又小心餵食、餵藥；父親呻吟時，便趕快去看看。這一天就這樣度過了。

晚上，西西洛就睡在併合成牀的椅子上，日間就

盡力照料父親。病人似乎在好轉中，他望西西洛的時間漸長了，可是眼神總帶着一絲疑惑。

西西洛以為父親已清醒了，就常常安慰他，還把家中的情況給他說說。病人默默地聆聽，有時會露出感激的眼神，有時那腫脹的嘴唇會露出一絲微笑。

他的病況時好時壞。在他清醒的時候，他總會用眼睛去尋找西西洛。西西洛的情緒也隨着他的病況而起伏不定。

到了第五天，他的病情突然惡化，醫生也表示沒有希望了。西西洛悲傷欲絕，唯一令他感到安慰的，是病人的神智反而清醒了。他越來越留意西西洛，只有看見西西洛，他才會露出笑容；也只有西西洛給他餵藥，他才會吃，而且表現出很希望和西西洛談話的神情來。西西洛因此滿懷希望地說：「爸爸，你會好起來的，那時候我們一起回家吧！」

下午四時左右，西西洛正在獨自發愁。忽然，他聽到門外響起一個熟悉的聲音說：「再會！」西西洛像觸電一般跳了起來。他轉頭望出門外，一個人拿着

包袱正要離去。他不禁高聲尖叫。那人回頭看見西西洛，也驚叫起來：「西西洛？！」西西洛發狂地跑上去，撲入父親的懷裏。

大家都看呆了。醫生和護士都跑出來圍觀。

「啊！西西洛，是怎麼一回事呢？你竟然認錯人了。媽媽寫信來説你已經來了，可是總看不到你，我正在擔心呢！家裏怎麼樣？我已經康復了，正要回去，一起回家吧！」西西洛激動得一句話也説不出來，這幾天的憂慮驚嚇一掃而光。他回頭看看病人，那病人也正在看着他。西西洛平靜地對父親説：「爸爸，我現在不能回去。這幾天我把這老人當作爸爸一樣看護，他很需要我，我也不忍心就這樣離去，請你讓我留下來吧！」周圍的人都説：「真是一個好孩子。」

父親詫異地望望病人，又望望西西洛。

護士説：「他和你一樣，是個鄉下人，剛從國外回來，又是和你同一天入院的，那時候他已經不醒人事了。我們不知道他是否有親人，但他已經把西西洛

當作自己的兒子了。」

　　父親看見病人望着西西洛的樣子，便説：「那麼你就留下來吧！」他留下零用錢給西西洛，便離去了。

　　病人看見西西洛留下來，顯出安心的樣子。西西洛不再哭了，但對老人仍是細心侍候，好言安慰，和

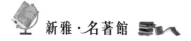

前幾天一樣。

　　第二天，病人已垂危了。醫生告訴西西洛，他恐怕熬不過今夜了。西西洛就更加留神了。快天亮時，護士看見病人的情況不妥，便趕快去叫醫生。這時，病人緊緊握着西西洛的手，不放鬆，醫生到達時，他張開眼看了看西西洛，便永遠閉上眼睛了。

　　醫生說：「回去吧，孩子。你的善良，上天會報答你的！」護士把一束花送給西西洛。他卻把花放在死者的身上，對他說：「再會了，爸爸！」

　　他帶着一身疲累離開醫院時，天色已大亮了。

二十七、打鐵工場

　　昨天彼哥斯來約我們去參觀他父親的打鐵工場。今天我和爸爸出外時，就順道去看看。

　　我們剛抵達工場門口，看見卡洛斐拿着一包東西正走出來。啊！原來他常常用來換紙張的鐵屑，是從這裏得來的，他真是一個做生意的好手呀。

　　在工場內，彼哥斯正坐在磚頭上做功課。他一看見我們便熱烈歡迎，領着我們參觀周圍。工廠很大，各式各樣的鎚子、**鋏子**①、鐵棒等，散滿一地。屋角有一座小熔爐，一個孩子正在拉風箱。彼哥斯的父親站在鐵碪前工作，一個年輕人正在爐上燒一根鐵棒。

知識泉

風箱：木製的箱形物體，中間裝上活塞，可以鼓風來加強火力。又稱為風匣。有手風琴型、皮袋型及唧筒型。

鐵碪：打鐵用的鐵平台。

---

① **鋏子**：夾東西的長鉗子。

他父親一見我們就脫下帽子，笑了笑，說：「你就是送火車給彼哥斯的孩子嗎？讓我給你表演一下吧！」他以前一副兇惡的樣子已經消失了。年輕人把紅通通的鐵棒遞給他，他就一手掄鎚，一手用鐵鋏夾着鐵棒，靈巧地在鐵砧上不停地轉動，叮叮噹噹地敲打起來。他的技藝純熟極了，不一會兒，那鐵棒已被

打成一朵花瓣的模樣。彼哥斯得意洋洋地向我們笑笑，似乎在説：「看我爸爸，厲害吧！」

「好手藝！看來你又恢復拼勁了？」爸爸説。

「哈！你知道是誰的功勞嗎？」鐵匠揩着汗説。

爸爸假裝不知道，鐵匠咧着嘴指着彼哥斯説：「還不是這個小傢伙。以前我對他像狗一般看待，他卻給我爭光。嗳，小傢伙，來給爸爸再看看你的獎牌！」

彼哥斯立刻就撲入父親的懷裏。鐵匠把他抱上鐵碪上説：「給爸爸擦擦臉！」彼哥斯就朝他的臉痛快地吻了一下，自己的臉也染黑了。

爸爸看了也哈哈大笑起來。回家的時候，爸爸説：「你送給彼哥斯的火車，即使是黃金造的，上面放滿珍珠，也不比彼哥斯感動父親的行為更有價值呀！」

二十八、馬戲小子

狂歡節快結束了，街上還是鬧哄哄的，到處都看見賣藝和演戲的布棚。我家樓下，也有一個來自威尼斯的小馬戲團，在空地上搭起布棚來表演。

他們有五匹馬和三輛**篷車**①。工作時，篷車就是他們的後台；平日就是他們的住家了。我常看見車頂上的煙囱冒出炊煙，篷車外也掛滿了曬晾的衣物，可想而知，走下舞台的藝人，也和我們一樣，過着平凡的生活啊。人們常輕視賣藝的人，其實他們為了賺錢，過着流浪的生活，而一旦遇上風雨，還得要退票賠錢，是很可憐的。

---

① **篷車**：有車篷的馬車。

　　馬戲班內有兩個孩子，其中一個是班主的孩子，今年大約八歲吧，長得又精靈又可愛。在馬戲班裏，他什麼雜活都會做，好像一早起來去拿牛奶，去馬房牽馬，抱小孩，搬雜物和打掃等等，他都做得妥妥貼貼。到表演時，他就穿上小丑服落力演出。

　　一天晚上，我和爸爸去看他們的表演。那天天氣很冷，觀眾疏疏落落的散坐在場內，場面很冷清，可是那孩子還是很賣力地演出，他有時攀高跳低，有時獨自走鋼絲，有時甚至抓着狂奔的馬尾，身子飄浮在半空。表演時他的臉總是帶着微笑。他父親伴着他演出，每到驚險的關頭，自然就流露出不安和悲哀的表情來，那個樣子真叫人難受。

　　爸爸很同情這孩子。第二天和一位畫家朋友談起他們的窘境。畫家說：「你的文章寫得好，可以在報章上介紹他們的精彩技藝，我就為孩子畫一幅插圖。一定能吸引觀眾的！」

　　他們就這樣做了。文章和畫像在星期六的報章上刊登了。到了星期日，觀眾果然蜂擁而至，坐無虛

席，有些觀眾還帶着報紙來，給班主和孩子看。他們開心得手舞足蹈，因為他們從來沒想過報紙會刊登他們的名字。

我和爸爸也去了，在觀眾席還看見許多熟人呢！小石匠一看見我們便扮兔臉，卡洛斐就在計人數。入口處還站着我們的體育老師。

馬戲開始了，那孩子使出渾身解數。他一會兒表演馬術，一會兒表演空中飛人，看得觀眾口呆目定，隨後而來的就是一陣陣如雷般的掌聲。當他不出場時，觀眾恍似有失落感。

中場的時候，體育老師看見了我和爸爸，就和班主閒聊起來。班主隨即向周圍巡視一番，大概是知道了爸爸為他作宣傳的事，要感謝我們吧！爸爸不想太張揚，便提早離場，在門口等我。

節目接近尾聲了，孩子在場外和他父親講了幾句，便表演**壓軸**①戲。他在飛奔的馬背上一會兒扮演

---

① **壓軸**：表演或演戲的最後一段。

水手，一會兒扮演士兵，引得大家連聲叫好。每當他經過我的面前，總是有意看看我。表演結束了，當他拿着帽子，到觀眾席上繞場討賞時，他卻躲避我，似乎不願意領我的賞錢。我感到又詫異，又不高興。這是怎麼一回事呢？

完場時，我隨着觀眾離去。在門口附近，有人拉住我的手，回頭一看，原來就是那孩子，他捧滿一手糖果，説道：「請收下這些糖果吧！」我點點頭，隨手拿了幾塊。

孩子説：「我可以吻你嗎？」

我走上前靠近他。他擦擦臉上的粉，然後在我的臉上吻了兩下説：

「一個給你，一個請帶給你的父親！」

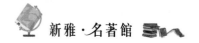

二十九、七十八號囚犯

　　昨天下午，我看見了一個感人的場面。

　　最近可諾斯賣菜的母親在看見狄洛西時，臉上總是流露出敬愛的神情。我想，這大概是因為狄洛西在知道了可諾斯的父親是囚犯後，對他特別友善的緣故。他不但會幫助可諾斯解決功課上的難題，還常常送他小禮物，好像藉此來補償他的不幸似的。

　　可諾斯的母親是一個典型的善良婦人，一生好像只為孩子而活。她看見狄洛西既是有錢人家，又是班長，竟能對可諾斯親愛友善，這種行為簡直近乎神聖，所以對狄洛西又敬又愛。今天，她鼓起勇氣走近狄洛西，對他說：「親愛的孩子，你那麼愛護可諾斯，能接受他母親一點小禮物嗎？」她遞上一個小糖果盒給狄洛西。狄格西搖搖頭說：「留給你的孩子吧，我不能接受。」

　　可諾斯的母親臉紅了，又説：「那麼請接受一些新鮮蔬菜吧！帶給你的母親，好嗎？」她送上一束蘿蔔。狄洛西搖搖頭説：「我很喜歡幫助可諾斯，你不必放在心上。」可諾斯的母親開心地説：「真是難能可貴的孩子啊！」

知識泉

蘿蔔：屬於十字花科的草木植物。有綠、深紅、黃及紫蘿蔔幾種。

　　下午四時左石，可諾斯那面容憂鬱的父親來了，他似乎察覺到狄洛西已經知道他的秘密，他盯着狄洛西説：「你為什麼對可諾斯特別友善呢？」狄洛西頓時呆了一會。我猜想他當時一定想這樣説：「我是因為他的不幸而特別愛他，而他的父親更是一個不幸的罪犯。但是他已經勇敢的贖罪了。」畢竟狄洛西面對一個罪犯還是害怕的，他沒有回答。可諾斯的父親大概也看出來了，他戰抖地説：「你愛可諾斯，但看不起他父親吧！」狄洛西馬上大聲地説：「絕對沒有這樣的事！」可諾斯的父親眼泛淚光，想擁抱狄洛西，卻鼓不起勇氣。最後，就只是望着狄洛西，然後在自己手上吻了一下，就拉着兒子離開了。

三十、費魯喬的血（每月故事）

這個晚上，費魯喬的家顯得特別冷清，因為經營乾貨店的父母，帶着小兒子進城辦貨去了，要明天才回來。白天的幫傭也在黃昏前離開了。屋裏只留下雙腳殘疾的祖母和十三歲的費魯喬。

他們商住兩用的家位於洛馬格拿街附近，一個接近田野的偏僻處。這裏平日已經頗為清靜，在這個下着雨，又颳着風的夜裏，就更加寂靜得可怕了。

夜已深，可是祖母和費魯喬還沒有睡，因為費魯喬今天和平日一樣，趁着父母不在，一早就跑了出去，玩到半夜十一點才回來。他的祖母深愛着他，老是怕他惹禍，每次都會坐在廚房的安樂椅上，等他回家，有時甚至要等到天明。

今晚費魯喬回來時，一身沾

知識泉

安樂椅：座椅的一種。因為坐面斜度適合人體休息時的姿態要求，而廣泛被採用。

滿了污泥，衣服撕破了，額角還帶着傷。祖母知道他
一定又是賭輸了錢，和別人打架了。儘管心知肚明，
祖母還是向他查問，結果不出所料。祖母哭了，她
說：「費魯喬，你這個沒有良心的孩子，父母一不
在，你就不理我了。整天在外遊蕩，和別人打架、賭
博。你已經變壞了，再不改過，將來是沒有好下場
的。多少壞蛋和你一樣，開始時拿石頭打架，後來就
動刀子了；那些沉迷賭博的，到後來就變成惡棍和盜
賊，你知道嗎？」

費魯喬遠遠地倚在櫥櫃旁，默不作聲，心裏還想
着剛才打架的事情。

「由賭棍變惡棍，變強盜，你聽到了嗎？」祖
母高聲地說，「你看那壞蛋莫左
尼，年紀輕輕，就坐過兩次牢，
把父親氣跑了去瑞士。這種人會
有好下場嗎？」

費魯喬咬着唇，心裏可沒有
絲毫悔意。平日他的父親確實是

太縱容他了。他知道費魯喬貪玩，但深信他有一顆善良的心，將來總會覺悟的，便沒有好好管束他。而事實上費魯喬的本性也是善良的，可就是個性太倔強了，儘管心裏知道自己犯錯，但口裏決不會認錯的。

祖母見他態度倔強，十分無奈地說：「你竟然一點悔意也沒有！我患了重病，快要死了，你還要我為你傷心擔憂嗎？你小時候，我不眠不休，為你搖牀，你現在居然對我不聞不問。記得你小時候，常把小石頭、小花草塞在我的衣袋裏，那時你多愛你的祖母啊！你怎可以忘得一乾二淨呢？在這個世界上，我最愛的人是你啊！」

費魯喬被祖母的話深深打動了，正要撲入祖母的懷裏表示悔悟。忽然，雜物房內傳來軋軋的聲音。

祖母驚異地說：「是什麼聲音？」

費魯喬猶疑地說：「是雨聲吧！」他可不太確定。

聲音又再響起了，是人的腳步聲。「啊！」他們的臉一下子嚇白了。

「是誰？」費魯喬大喝一聲。兩個蒙面強盜隨即就現身在雜物房的門口，他們手上都拿着尖刀。

「再叫就要你的命！」一個強盜撲上前抓着費魯喬，摀着他的嘴。一個就拿刀抵在老祖母的喉嚨上。

「錢放在哪裏？」抓着費魯喬的強盜問。

「在⋯⋯在櫥櫃裏。」

「帶我去！」強盜揑着費魯喬的脖子，推他往前走。

強盜把費魯喬按在櫥櫃下的地上，用兩腿夾着他的脖子，以防他呼救，然後就去撬鎖偷錢，再把他押回廚房去。

「誰敢出聲，誰就要死！」強盜把小刀不停地在他們的面前晃動，恐嚇着說。

當他們準備爬窗離去時，窗外突然傳來路人的歌聲，強盜馬上就退回來了。這時候，曾挾持費魯喬的強盜的面罩突然掉了下來。「莫左尼！」祖母失聲地叫了出來。

「該死的東西，你得要死！」莫左尼舉起尖刀撲

上去，費魯喬尖叫起來，本能地衝上前抱着祖母。莫左尼嘩啦一聲把桌子撞翻了，桌上的油燈也滅了，周圍隨即籠罩在一片黑暗和死寂中。強盜偷偷地摸黑逃走了。

費魯喬的身子軟下來，慢慢從昏倒了的祖母身上滑下去，跪在地上，兩手仍抱着祖母。

好一會兒，祖母蘇醒過來，她戰抖地叫道：「費魯喬！」

「祖母！」

「他們都走了嗎？」

「嗯！」

「他們沒殺我嗎？」

「你好好的！」費魯喬輕輕地説，「他們拿了點錢，幸好爸爸把大部分的錢帶走了。」

祖母吁了一口氣。

「祖母，你還愛我嗎？」

「我當然愛你。傻孩子，你嚇壞了吧！快點燈吧！我也嚇得膽戰心驚哪！」

「我常惹你傷心，能原諒我嗎？祖母？」

「我已經原諒你了，不再生氣啦，快起來點燈吧！好孩子！」

「謝謝你，祖母，不要忘記我！」

「費魯喬，你怎麼了？」祖母心慌極了，用手不住地撫摸着費魯喬的肩膀。

「永別了，爸爸，媽媽，還有弟弟。永別了，祖母！」

「費魯喬，啊！我的費魯喬！」祖母狂叫起來。

費魯喬不能再回答了。他的背被尖刀貫穿了，他用自己的生命拯救了祖母。這個小英雄的高貴靈魂已飛到天國去了。

三十一、病中的小石匠

小石匠患了重病，老師叫我
們去看看他。於是我約了加朗和
狄洛西一起前往。史泰迪原來也
想去的，可是他要完成加富爾伯
爵的紀念文章，只好放棄。

我們湊錢買了三個大橘子送
給小石匠。到達時，他那巨人一
般的父親來為我們開門。他詫異
地問道：「你們是誰？」

加朗說：「我們是安東尼
奧的同學，帶了三個橘子來慰問
他。」

「他恐怕不能再吃橘子
了！」他父親擦拭着淚水說。

　　我們進到屋內，看見小石匠躺在鐵牀上，骨瘦如柴。他母親掩着面坐在牀邊，沒有和我們打招呼，一定是傷心透了。

　　我們走近牀前細看小石匠。他的臉色異常蒼白，鼻翼不停地歙動，似是呼吸得很吃力的樣子。我難過極了，心裏想，要是小石匠能再演一次兔臉給我看，要我做什麼都可以。

　　加朗把一個橘子放在小石匠的枕頭旁邊，橘子的芬香把他薰醒了。他伸手去拿橘子，抓不緊，又放開了。然後，他定定地看着加朗。「我是加朗，記得嗎？」加朗捉着他的手説。小石匠微微地笑了。

　　加朗把他的手貼在自己的臉上説：「你會好起來的，回來上學，就坐在我的身旁，好不好？」

　　小石匠沒有回答，閉上眼睛，像死去一樣。他母親情不自禁地哭了起來説：「安東尼奧，我的好孩子，老天要把他帶回去了！」

　　「別説了！」他父親大聲説道：「我的心碎了！」他回過頭來對我們説：「孩子們，回去吧！謝

謝你們了。」我們就只有這樣陪着他，沒辦法可想了！他把我們推出走廊，就關上門。

我們只好離去，才走下樓梯，忽然聽見小石匠大聲地叫：「加朗，加朗！」

我們趕緊走上去，只見他父親已臉色大變地迎向我們說：「加朗，他在叫你，快來。他已經有兩天不說話了，他叫了你兩聲，很想見你呢，快來吧，希望他就這樣好起來！」

加朗對我們說：「你們先回去吧，我留下來陪他！」就和小石匠的父親入屋了。

狄洛西眼含淚水說：「善良的加朗，總是給人帶來安慰！」

三十二、溫培爾托國王

　　溫培爾托國王今天到城裏來訪問，他的專車將會在十點半抵達火車站。高列提的父親一早就和爸爸約定了，到時一起去火車站迎接國王。

　　老高列提今天看來特別神采飛揚，他的上衣掛上了勳章和紀念章，那是他從1866年（注：1866年，普魯士向奧國宣戰，意大利加入普軍的一方。普魯士戰勝後，逼奧國交還威尼西亞給意大利。至此意大利已接近全國統一。）的戰爭中得來的。在途中他對我們說：「從66年的戰爭後，我就沒有再見過國王了，每次他到城裏來，我總是不在，命運捉弄人呀！」

　　他直稱國王為溫培爾托，就好像稱呼老朋友一樣。

　　「溫培爾托原是十六師師長，當時只有二十二歲，總是騎

着馬。十五年了，他由**親王**①變成國王，我也由軍人變成柴店老闆了。」他笑笑地説。

車站附近早已人山人海，士兵在奏軍樂，警察也在巡邏。老高列提激動地説：「説起來還好像是昨天的事。在6月24日的戰役裏，我和他並肩作戰，離他是那麼近。當時大家都希望子彈不要射中他。那天也是一個大晴天哪！」

我們擠近車站的門廊，一個警察制止我們前進。

「我是四十九聯隊第四中隊的。」老高列提指着勳章説。警察看了看勳章説：「那就站在這兒吧！」

「你們看，『四十九聯隊』這幾個字多有力量！」老高列提高興得眼睛都發亮了。

高列提向他父親説：「打仗時，國王都拿着劍嗎？」

老高列提説：「當然啦，攻擊從四面八方襲來，得用劍去抵擋。有一次，我們被敵人瘋狂地攻擊，到最後敵軍已拿着刺刀包圍上來了。我們拼了命開火反

---

① **親王**：與皇帝有同一個祖宗的貴族，被封王後就稱為親王。

擊，一時硝煙密布，到煙霧散開時，我們看見遍地都是敵軍的屍骸。那時國王還安然地問：『有弟兄傷亡嗎？』我們被他那股冷靜懾服了，一起向他高呼『萬歲』，啊！那情景其令人難忘啊！」

這時火車到了，樂隊又奏起樂來。大家都踮起腳來張望。一個警察說：「國王要接見官紳，一時還不會出來。」可是老高列提已焦急得滿頭大汗了，忍不住又說起來：「無論是殺敵還是地震以及霍亂，國王總是沉着鎮定。我敢說，他一定不會忘記四十九聯隊第四中隊。如果能把舊部屬都召集去和他敍舊，他一定會很高興！十五年了，已經十五年沒有見我們的溫培爾托了！」

突然，周圍的人轟然發出歡呼聲，數以千計的帽子都被舉到空中。四個穿黑衣服的紳上從火車上走下來，坐上了馬車。

知識泉

地震：由於地球板塊的移動，引致地面突然劇烈震動的自然現象。

霍亂：由霍亂弧菌感染消化系統，引致嚴重的上吐下瀉、腹痛、脫水、休克、痙攣等症狀的急性傳染病。

「呀！就是他，頭髮都白了！」老高列提像説夢話一般。馬車徐徐在我們跟前走過，我偷偷看了老高列提一眼，發現他像是換了一個人似的。他的腰板挺直，滿面莊嚴，煥發出光采。

「萬歲！」羣眾高呼。

「萬歲！」老高列提隨後獨自又高喊了一聲。

國王朝他望過來。老高列提立刻高聲説：「四十九聯隊第四中隊。」國王直直地盯着他，並從馬車裏伸出手來。老高列提馬上走上前去，握着他的手。羣眾隨即也擁了上去，把我們都衝散了。

只一刹那，老高列提就跑回來了。他一手抓着高列提，一手貼着他的臉説：「快，趁我的手還熱，這手是國王握過的。」

羣眾都對他指指點點。有人説他給國王遞了請願書。

「不！」老高列提大聲説，「我沒有遞請願書。無論任何時候，只要國王需要我，我都願意向他奉獻我的熱血。」

⚘ 三十三、勇者無敵 ⚘

最近天氣很晴朗，我們在室外上體育課。

奈利的母親卻擔心他應付不了，昨天向校長請求豁免。當時加朗剛好在校長室，他聽見奈利說：「媽，我能做的。」

他的母親猶豫地說：「恐怕別人會……」奈利馬上就答道：「有加朗在，誰也不敢欺負我的。」他的母親只好作罷。

今天體育老師要我們爬上一條高高的橫木上，再在上面站起來。狄洛西和高列提以猴子般的敏捷爬上去了。彼哥斯儘管穿着一身闊袍大袖，也上去了。史泰迪發揮拼勁，把臉漲紅得像火雞，嘴努得像拳師狗似的，終於如願以償。為了爬得輕鬆一點，大家都在手上搽上松脂。而把松脂磨成一包包細粉出售的，不用說就是卡洛斐了。

到加朗時，他不在乎地咬着麵包，一下子就爬上了。他真像一條小牛。

　　接下來就是奈利。他那瘦削的手臂一伸出去時，大家就笑了。加朗立即把那粗壯的雙手交叉抱在胸前，怒目圓瞪那些小頑皮，他們才靜下來。

　　奈利開始爬了。他咬着牙，使着勁，臉都青了，汗水不斷地從額角流下來。加朗、狄洛西和高列提高聲叫着：「加油！加油！」奈利氣喘吁吁地爬近橫木了，老師說：「這就好了，下來吧！」然而奈利還是堅持着，一下一下地前進。終於，他爬上橫木，還站起來了！大家頓時歡呼高叫，忘情地為他鼓掌。

　　站在橫木上的奈利紅光滿面，眼睛發亮，恍似脫胎換骨似的。

　　放學時，奈利的母親來了。她緊緊地擁抱着奈利說：「你沒事吧？」大家齊聲回答說：「他和我們一樣，爬上去了，他好勇敢啊！」

　　奈利的母親驚喜得大笑起來，還和我們逐一握手。那一刻，大家都沉浸在那快樂的氛圍中。

～ 三十四、爸爸的老師 ～

昨天，爸爸在報章上赫然發現，他小學一年班的克洛賽諦老師不但還活着，而且在教職上服務了六十年之後，獲得教育部頒發的勳章。爸爸高興極了，決定今天帶我到孔多維城去探訪他。

爸爸說，克洛賽諦老師今年八十四歲了，教他的時候還只是四十歲。他的身材矮小，背也有點駝，可是眼睛透着精明，像父親一般愛他的學生。老師出身農家，是憑毅力成為老師的，很得家長們的尊敬。爸爸說：「老師教我執筆的情景還歷歷在目呢！」

我們帶着愉快的心情，乘火車在春日的綠色原野上奔馳，快樂極了。

爸爸又高興地對我說：「除了我的父親外，克洛賽諦老師就是最愛我和為我操心的人了。老師對我的種種教育，我至今還記憶猶新哩。老師每天總是靜靜

地走進教室，把拐杖放在屋角，把外套掛在衣鈎上。無論做什麼事情，都全力以赴，認認真真，很真誠，很熱心……」

一小時後，我們便來到了孔多維城。爸爸向途人打探克洛賽諦老師的住所，一下子就探聽着了，因為那裏的人都認識老師。

我們沿着小路前行，爸爸似是沉醉在往事中，不時微笑着搖搖頭。忽然，他站住了，望着前面一個戴大草帽，拿着手杖緩慢前進的老人說：「啊！一定是他。」

爸爸急步走上前去，摘下帽子向老人說：「請問你是克洛賽諦老師嗎？」

老人也脱下帽子說：「是的！」他的聲音有點顫抖。

爸爸握着他的手說：「我是你以前的學生，今天特地從都靈來探望你的。」

老人驚異地望着爸爸說：

「難為你了，你的名字是……」

爸爸把自己的名字和上學時的年代告訴了老師。

克洛賽諦老師沉思着，把名字唸了一遍又一遍。忽然，他的眼睛明亮起來說：「阿爾伯托・勃諦尼？工程師勃諦尼的兒子，住在孔沙雷塔的，對嗎？」

爸爸開懷地笑着說：「對啊！」

老師也高興極了，他走上前抱着爸爸說：「是你啊！真好！真好！」

他領我們到他的住所去。那是一間整潔的小房子，室內粉刷得很潔白，布置卻很簡單。除了一張牀，其餘就只是一個書架、一張桌子和四把椅子。牆上掛着一幅舊地圖，室內瀰漫着蘋果的芳香。

我們坐在椅子上談了起來。老師對爸爸說：「我記得你母親是個很好的人。那時你坐在左邊的窗口旁，對嗎？有一次你患了扁桃腺炎，瘦得不得了，老是圍着大圍巾來上課的。一晃眼已是

> ### 知識泉
>
> **扁桃腺炎**：感冒或疲勞時，被鏈球菌、葡萄球菌或肺炎雙球菌感染，引起扁桃腺紅腫。這種疾病，常與急性咽喉炎同時併發。

四十年了。你還記得老師，真難得！已經很久沒有人來看我了，你可能是最後一個了！」

「老師身體還好吧？」爸爸説。

「不！你看我的手抖成這樣，怎麼會好呢？這病三年前就有了，一直沒注意，到後來把墨汁潑在學生的練習簿上，就不得不退休了。那時真是心如刀割！去年妻子和獨子也死去了，只剩下兩個孫子在鄉間耕田。我就靠着幾個退休金生活。平日生活無聊，日子又長得很，就靠翻翻過去的課本和日記打發時間。」他指着那書架説。

忽然，他靈機一觸地對爸爸説：「來，給你看一樣東西，你會吃驚的！」

他從書架上抽出一大卷紙張，上面都用細繩整齊地縛着。他慢慢地解開，抽出其中一份。那是爸爸四十年前的作業。上面寫着「阿爾伯托・勃諦尼。默寫測驗。1838年4月3日。」

爸爸的眼睛濕潤了。他遞過來給我看，説：「看看上面的字跡，你祖母給我修改過的。」

老師撫摸着那些紙張，沉入回憶的說：「每次翻閱，當日的情景就浮現出來了。一班班的學生，有好的，有壞的，都讓我難以忘懷！」

「老師，我還記得第一天上學的情景。當母親要離開我時，我心裏很難受！是老師把我安撫下來，給我信心的。今天我是專程來向你致謝！」

老師靜靜地用手撫摸着我的頭，默不作聲。

爸爸環視着室內簡樸的布置，似是為老師的窮困難過。可是，克洛賽諦老師卻不以為然，愉快地和爸爸暢談往事。

爸爸邀請老師共進午餐，老師一再推辭：「我的手抖成這樣，怎能吃東西呢？」

爸爸說：「有我呢！」

我們選了一間幽靜的餐館。克洛賽諦老師顯得十分高興，他的手因而抖得更厲害了。爸爸替他切肉片和麵包，又把鹽撒在他的盤子裏。飲酒時，他要用雙手捧着酒杯，牙齒還格格地響呢！每當他把酒潑在衣服時，爸爸就給他擦乾。他們就這樣吃着、談着，高

漲的情緒把別人的眼光都吸引過來了。

　　兩點鐘後，我們要離開了。老師就送我們到火車站。途經一間學校，傳出孩子們唸書的聲音，老師面容憂感地說：「我已經不再屬於學校了，被別人取代了，沒有一個孩子在身邊了。」

　　「不，老師，你有的，你的孩子分散在世界各地啊！」爸爸握着老師的手説。

　　在月台上告別時，老師淚流滿面。爸爸把我先推入車內。在他上車前一剎那，爸爸取去老師手中的拐杖，然後把刻有自己姓名的名貴拐杖交換過去。老師想要推卻，火車已開動了。

　　爸爸大聲説：「老師，我們會再見的。」

　　克洛賽諦老師指着天上説：「是的，在那上面吧！」

三十五、加朗喪母

　　昨天回來學校，就聽到加朗母親逝世的壞消息。校長對我們説：「加朗遭遇不幸，他的母親在上星期六逝世了。他明天就會回來上課，大家要給他親切的安慰。」

　　加朗今天來得稍晚。我一看見他就給嚇了一跳。他明顯地消瘦了，眼睛紅腫，雙腿無力，像是大病初癒的樣子。他穿着一身黑衣，和平日自信爽朗的樣子大不相同。我幾乎認不出他來了。

　　同學們都為他難過，默默地看着他。加朗坐在座位上，大概是想起平日母親來接他的情景，考試時母親的叮嚀等等，不禁失聲痛哭起來。老師走過去，把他擁抱着説：「哭吧，孩子，哭出來吧！可不要失去勇氣。你的母親雖然離去了，她對你的愛卻是永遠長存的。堅強一點吧！孩子！」

　　老師把加朗帶到我旁邊的座位上坐下。我真不忍心看他的臉啊！加朗把書簿拿出來翻看翻看，不禁又再低聲飲泣。老師示意我們暫時不管他，就開始上課了。我想給他安慰，可也不知如何説起。我只有用手搭着他的肩膀説：「加朗，不要哭了！」他默默無言，只是低頭伏在桌子上。

　　放學的時候，同學們都靜靜地圍在加朗身旁，表示安慰。我看見母親在等我，就趕忙跑過去，要投入她的懷抱，可是母親卻立刻把我推開了。我感到十分奇怪，回過頭來，看見加朗正用一極悲哀的眼神看着我們，那神情似乎是説：「你還有母親擁抱你，我卻沒有了，永遠沒有了！」我頓時明白母親的用意，於是我就沒有再牽媽媽的手，自己走出學校了。

三十六、馬志尼的勉勵

今天早上，加朗還是帶着一臉哀愁來上課。他的臉色蒼白，眼睛仍是紅紅的。我們送給他的小禮物，他看也不看。

老師為了勉勵他，特別帶了一本書來，要選幾頁讀給他聽。

老師說：「加朗，忍耐一下，把我要讀的文章記下來。」老師開始讀了：

朱普塞・馬志尼，1805年生於熱那亞，1872年死於比薩。他是一位愛國者，大文豪，也是一位革命志士。他非常崇敬自己的母親，認為自己高尚的品格，是

受母親的影響而形成的。

　　他的摯友在痛失良母時，馬志尼曾寫信安慰他。信是這樣說的：

　　「朋友，你再也見不到你的母親了，多不幸啊！我不忍去看你，因為我知道，你正處於誰也避免不了，而必須要戰勝和超越的悲哀之中。必須要戰勝和超越——你懂我的意思嗎？我是說，悲哀之中有些令人軟弱消沉、一蹶不振的東西，是我們必須要戰勝和超越的；另一方面，悲哀之中也有些令人更加堅毅，令靈魂變得高尚的東西，卻是我們要把握的。在這世界上，母親是無可替代的，我們必須要以崇高的方式來悼念她。

　　「朋友，我們不理解死亡，卻可以理解生命。生命是前進的。凡世上美好的東西都不會消滅，只有不斷增長，母親的愛正是這樣。為着母親的愛，以後你要更加自愛，在作任何決定時，先要反省「這是母親所喜歡的嗎？」因為將來你能否在另外一個世界和母親相聚，就要看你現在的行為如何了。要堅強，不要

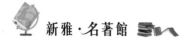

讓絕望和憂煩把你壓垮。」

　　老師又向加朗說：「要勇敢，平靜下來。這是你母親所期望的。」

　　加朗點點頭，眼淚又流下來了。

三十七、犧牲

昨天晚上，我正在抄寫每月故事《千里尋母》時，姐姐躡手躡腳地走進來，很焦慮地對我說：「快和我一起去見媽媽吧！爸爸好像遇上麻煩了，很憂心似的，説家裏有困難。你懂嗎？家裏快要沒錢了。爸爸説大家都得要犧牲一點，才能應付過去。來，我要和媽説説，好讓她安心，你得要支持我！」

姐姐拉着我的手就走。媽媽坐在房中緊抿着嘴唇在做針線。姐姐立刻就問媽媽：「媽，爸爸説家裏快沒錢了，是嗎？」媽媽吃了一驚，臉都漲紅了説：「你怎麼知道的？是誰説的？」

「我都知道了！」姐姐堅定地説。「我們也該盡一份力。你答應給我們買的扇子和顏料，我們都不要了。」媽媽正要回答，可是姐姐接着説：「爸爸沒錢的時候，我們也不要吃水果或什麼零食，有湯就可以

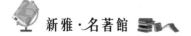

了，早餐吃麵包就夠了。對不對，安列高！」

我大聲地回答：「是。」姐姐掩着媽媽的嘴，不讓她説話，然後又説：「像衣服這類沒有迫切需要的，都不要買。人家送的禮物可以賣掉。家裏的雜活我們做吧，不必請人了。只要爸媽減少一點煩惱，我什麼都願做。」

媽媽的眼淚快要滴下來了，可是嘴巴卻笑得不能合攏。她不停地親吻着我和姐姐，歡喜得不能説話。最後她告訴我們，是姐姐誤會了，家裏還沒有窮到這個地步，但是我們的好意着實令她感到欣慰。

爸爸回來後，媽媽就把事情都告訴了他。爸爸只是默默地聽着，沒有做聲。

三十八、郊遊樂

這個星期日，我和狄洛西、加朗、卡洛斐、彼哥斯、高列提父子一起到郊外旅行，呼吸新鮮空氣。大家都帶了豐富的食物，有水果、香腸和熟雞蛋等等。加朗和老高列提還帶了葡萄酒，而彼哥斯的麵包足足有兩公斤呢！

我們乘車抵達美得萊，就往山上邁進。山區一片碧綠，空氣清新，我們快樂得又跑又跳，老高列提就不斷提醒我們不要弄破衣服。

彼哥斯和高列提輕鬆地吹着口哨，我還是第一次聽到他們的口哨聲。狄洛西一面走，一面説出各種植物和昆蟲的名字，天曉得他怎麼懂得那麼多。

加朗默默地咬着麵包，滋味大概不再像以前那麼香甜了，可是他待人還是那麼親切。彼哥斯小時候曾被牛撞倒，所以一見了牛就恐慌。加朗每次都為他擋

着牛隻。翻過小山時，彼哥斯一不小心就滾入荊棘叢中，卡洛斐身上總是有法寶的，他用別針把彼哥斯衣服上的破口都別好，在外可看不出破洞。

卡洛斐沿途不是摘青草，就是撿石頭，他以為那些發光的石頭裏面含有金子呢！

我們終於來到一個小山頭，這時大家都倦極了，就坐下來進食。從小山頭遠眺，可望見一片原野和阿爾卑斯山，風景美極了。老高列提給我們分香腸，彼哥斯害羞，什麼都不吃，加朗就挑好吃的，塞在他的嘴裏。我們一面吃，一面談着學校和考試的事。高列提父子坐在一起，兩人都是臉紅紅的，露出白白的牙齒在微笑着，那樣子真像是一對兄弟，而不是父子！老高列提喝着酒說：「酒對孩子是有害的，對柴店的伙計卻大有好處！」

他捏着兒子的鼻子説：「孩子們，請好好對待這個小傢伙，他也是個男子漢呀！哎，我這樣自誇，真是失禮！哈！哈！哈！」

大家都被他逗樂了，只有加朗沉默着。老高列提又説：「現在大家都是好朋友，可是幾年之後，安列高和狄洛西可能就變成律師或學者了，其餘四位，有可能是伙計，有可能是商人，那時大家就有分別了。」

狄洛西立刻説：「哪裏的話，對我來説，加朗就是加朗，彼哥斯就是彼哥斯，誰都一樣。我就是做了皇帝，也會來看你們的。」

老高列提舉起錫杯説：「説得好，我們乾一杯，祝友誼萬歲。」

知識泉

錫：是一種金屬元素。銀白色，質地硬而堅韌。可用於製造器具、馬口鐵和錫箔。

隨後他又高聲説：「祝四十九聯隊第四中隊萬歲！」就把酒一飲而盡。「將來你們要是做了軍人，也要為國盡力啊！」

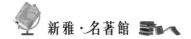

離開山區時，太陽已下山了。螢火蟲開始在岸邊飛舞。

今天真是美好的一天！我是説，要是我沒有遇見病得很厲害的女老師，今天是完美的。

回到家時，一年班的女老師正從我家離去。她一看見我，就哭着對我説：「再會了，安列高，不要忘記老師啊！」我回去就和媽媽説了。媽媽的眼睛也是紅紅的，她説：「老師患重病了，恐怕活不成了。」

❧ 三十九、感謝 ❧

可憐的女老師，終於在學期結束前三天去世了。7月1日開始期末考試，下學年我們就要升上五年級了。要是老師沒有離開我們，一切該多美好啊！

回想這一年的學習，我的知識明顯增長了，讀寫的能力提高了；算術比一般的大人還要好，甚至可以幫他們算算賬，理解能力也增強了，學過的東西都烙在腦子裏，真是值得高興！可是，我的進步都是由於許多人的幫助和勉勵，才能達成的。無論在家裏、學校或是街上，都有指導我的人，我得要向他們說：「謝謝！」

首先要感謝的是所有的老師，我的知識都是他們辛勞地傳授給我的。往下來，我要感謝狄洛西，每當我在課業上有困難時，他總會替我解決疑難；史泰迪，讓我明白什麼是堅毅努力的力量；加朗，讓我感

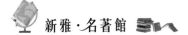

受到崇高的人性溫情；還有彼哥斯和高列提，讓我明白在困境中更需要保持勇氣。

同學們，感謝你們！

當然，我更應該感謝爸爸，他是我的啟蒙老師，也是我最早的朋友。他給我各種教導，又為家庭辛勞地工作，讓我在無憂無慮的環境中學習和成長。

媽媽是我的守護天使，十多年來，為我分擔歡樂和悲傷，用愛心和奉獻，為我的心靈注入溫情和愛。

媽媽，謝謝你！

四十、海難（每月故事）

12月的一個清晨，一艘乘載着二百多名乘客的輪船，由英國的利物浦港出發，前往馬爾他島。天色陰沉沉的。

在三等艙裏，有一個十二歲的意大利少年。他的身材略為矮小，但很結實。他穿着一身舊衣裳，帶着一個破皮包，神情落寞地坐在前桅杆旁的一堆纜繩上，冷冷地看着忙碌的船員和洶湧的大海，稚氣的臉卻流露出大人的表情。

開船後不久，一個船員領着一個女孩，走到他跟前說：「馬利奧，給你帶來一個伴。」然後就走了。

女孩在他身旁坐下來。少年問她：「你到哪裏？」

「先到馬爾他，再回那不勒斯，爸媽在家裏等我呢！我叫朱莉葉。」

少年沒有回答，拿出乾糧和女孩分着吃。風浪越來越大了，他們沒有暈船，便不在意。女孩還開懷大笑。她的年齡和少年相近，身材稍高，瘦瘦的，頭上包着紅頭巾。

他們一面吃着，一面談自己的身世。

原來少年的母親早已逝世，父親前幾天也在利物浦去世了。意大利使館便把他送回故鄉，投靠遠親。女孩是一年前跟隨姑母到倫敦住的。因為家裏窮，姑母很愛她，就把她認作義女，將來準備讓她繼承遺產。可是幾個月前，姑母突然被馬車撞死了，一

文錢都沒有留下，她只好央求使館送她回家。她對少年說：「我空着手回去，但爸媽還是愛我的，我知道，弟弟他們也一樣。我要靜靜地突然出現——啊，好大的風浪。」她又問少年：「你以後就住在親戚家嗎？」

「只要他們收留我。」

「他們愛你嗎？」

「不知道！」

他們就這樣談了一天，別人還以為他們是姊弟呢！

天黑了，他們正在互道晚安。一個船員經過時大聲說：「誰也別想睡了，孩子們！」就在這一刹那，一個巨浪蓋過來，把少年打倒了，額角馬上冒出血來。女孩驚慌地呼救，可是人人都在逃命，沒有人理會。女孩把頭巾拿下，裹在少年的頭上。少年的血把她的黃色衣服也染紅了。

船員的話應驗了，風暴瞬間來到。滔天巨浪湧上半空在狂舞，把桅杆折斷了；三艘救生小船和四頭

知識泉

桅杆：船上懸掛船帆的竿子。

鍋爐：用鋼板密封的容器，燃燒加熱將水變成極高溫度、極大壓力的水蒸氣。又稱為氣鍋。

抽水機：利用空氣壓力，把水從低處送到高處的機器。又稱為抽水唧筒或汲取唧筒。

牛，像樹葉般被吹走了。船上頓時大亂，呼救聲、祈禱聲、哀號聲彼此交織，令人不寒而慄。

風暴狂吼了一整夜，天亮時還不平靜，把甲板上的東西都捲走了。機房的木牆也被打穿了，鍋爐的火熄滅了，船員都不知所蹤。海水不斷地灌入機房。船長大聲地叫道：「快用抽水機抽水！」

船員正要跑去，一個巨浪打來，把舷牆打穿，海水灌入船舷內了。

乘客都逃入大船艙，哀求船長救救他們。船長冷靜地說：「沒有希望了。」

除了一個女子的驚呼聲外，大家都沉默下來。

船長命令放下一艘救生艇，可是小艇一下子就被捲走，還賠上幾個船員的性命。

兩小時後，海水已淹上貨艙口。

　　這時候，甲板上一片悲悽。做母親的緊緊地抱着孩子；朋友們互相訣別；有人乾脆回艙裏等候死神降臨；有人開槍自殺，女人們痛苦地扭動着身體；有的人則像石像一般，動也不動。朱莉葉和馬利奧緊抱着船桅，呆呆地望着海水。

　　這時風浪稍減，可是船卻開始沉了。

　　「把長艇放下吧！」船長說。

　　那是最後一艘救生艇。十四名船員和三名乘客坐了上去。「船長，上來吧！」

　　「不，我要與船共存亡。」

　　「船長，請快點上這小艇吧！」船員們反覆地哀求道。

　　「我願死在這裏！」船長一字一句地回答道。

　　「那麼來一個女子吧！」

　　船長扶來一個女子，可是救生艇離大船很遠，她不敢跳過去，昏倒在甲板上。

　　「來個孩子吧！」

　　馬利奧和朱莉葉一下子跳上前，大聲說：「讓我

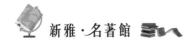

去。」

「小一點的，船已過重了。」

女孩一聽到這話，像觸電似的呆了。她垂下雙手，望着馬利奧。馬利奧也望着她，望着她那黃色衣裳上的血跡，臉上突然現出一道神聖的光芒。

「你比我輕，你去吧！朱莉葉，你的父母在等你呢！我只是一個人。你去吧，我讓你！」

「把她丟下來！」船員高聲喊着。

馬利奧抓着她的手，把她拋下海裏。船員馬上就把她拖入艇中。

馬利奧昂首頭站在船邊，讓長髮在風中任意飄揚。他感到平靜極了。

小艇剛剛駛離，大船便開始沉下了。朱莉葉像失去知覺似的，望着馬利奧站立的方向，淚如雨下。

「再會了！馬利奧！」

「再會！」

當船沉下那一刻，馬利奧跪下來，合掌禱告。女孩垂下頭不忍再看。

四十一、母親的話

安列高：

這學年要結束了，在最後的一天，你能聽到一個捨己救人的故事，真是特別有意義。現在你要跟老師和同學們離別了。在這時刻，我不得不告訴你，這不是一次暫別，而是永遠的分離。因為爸爸要到別的地方工作，我們全家都要離開都靈。

今年秋天，你要轉到別的學校去了。我知道你會感到難受，因為你很愛你的學校。四年來，你和師友們和睦共處，結交了許多朋友。學校還啟發了你的心靈，讓你學習了許多有用的知識。其中雖然有些挫折，但也是極為珍貴的磨煉。因此，摯誠地向同學們道別吧！

所有同學裏面，在將來，或有遭逢不幸的

人、痛失親人的人、很年幼就去世的人，有的可能會在戰爭中犧牲，有的可能會成為勤奮的勞動工人，有的甚至可能會建功立業，名垂青史。你要懷着真摯的感情向他們告別，並把你心靈的一部分留在這大家庭裏。

學校就像母親，當我把你交託給她的時候，你還是個剛學說話的小孩兒，今天她交還給我的，卻是一個強健勤奮的少年了。我和爸爸不但滿懷感激，並且因為學校對你的愛護而深深地愛着她。

向你的學校祝福吧！安列高，把那關着百葉窗的樸素小白屋——那啟蒙你心靈的園地，深藏在你的心坎裏。讓她陪伴你走遍天涯海角，度過此生。永遠也不要忘記她啊！

媽媽

四十二、期末考試

期末考試終於到了。學校裏、大街上，人人都在談分數，説試題，把我也弄得緊張起來。昨天考作文，今天考算術。有些母親緊張得把孩子一直送進課室裏，離開前還要檢查鋼筆、墨水瓶等等。

監考老師是留着黑鬍子、喜歡嚇唬學生，卻從不責罰人的寇提先生，有些同學的臉馬上就變白了。老師神情嚴肅地拆試卷封條，兩眼望望這，望望那，一時之間，課室裏靜得嚇人。

寇提先生把試題大聲地讀一遍，就讓我們自己來思考了。題目很難，過了一個小時，大家還是捧着頭發愁。有人哭了，可諾斯就猛敲腦袋。史泰迪瞪着試題，在苦思一個鐘頭後，突然提起筆來，五分鐘就把題目全部答完。

寇提先生來回巡視，安慰我們説：「冷靜，不要

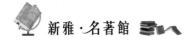

亂了心神。」還裝怪臉逗人笑。

　　將近十一點鐘，家長們開始聚集在學校門口了。他們一臉焦慮不安，都在擔心自己的孩子呢！

　　正午十二時，考試終於結束了。當孩子們走到校門時，家長都蜂擁上前，摟着自己的孩子問題目，查答案。老師們也被問個不停，跑來跑去。

　　爸爸仔細地看我的草稿，不斷地點頭説好。

　　彼哥斯的父親也在看兒子的草稿，他大概不太懂，一臉疑惑地過來，和爸爸對照答案。當他發現彼哥斯答對了，不禁歡呼起來説：「嗯，這小子還做得不錯哪！」

　　爸爸和鐵匠像老朋友似的開懷大笑，又互相握手道別。我們轉身離去時，後面傳來一串歌聲，回頭一看，原來鐵匠正在高歌啊！

四十三、口試

期末考試的筆試完成之後，今天要舉行口試。

我們班的同學八點整就進了教室。我的心情又高興又緊張，就快放假了，我好高興啊，不過眼下還要過最後一關——口試呢，心裏不免又有點緊張。從八點十五分起，我們被老師按四人分成一組，輪流叫進口試考場。我被分在第一組。當我走進考場時，只見校長和四位老師圍坐在一張大大的桌子旁邊。我們的級任老師也坐在裏面。

在考場中，我突然發現級任老師原來是多麼愛護我們。當我們回答問題不很爽快，或不很好時，他面色陰沉；可當我們回答問題很準確時，他的臉就像雨過天晴一樣，滿臉笑容，喜氣洋洋的樣子。

我回答問題時很有自信心，漸漸忘記了自己是在考試。當我考完口試，站起來轉身退出考場時，我從

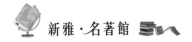

老師的眼裏看到了一種欣慰之情。

　　我高興地回到教室裏等爸爸來接我，不少同學都坐在教室裏。我就坐在加朗旁邊。

　　加朗正在專心地畫畫。我望着他，突然問，往日同學間互助互愛的溫情一下子湧上了心頭，我想到自己很快就要離開學校，離開這些可親可愛的同學，不禁悲傷起來。我悄悄地對加朗説：

　　「我們家很快要搬離這裏了。」

　　加朗頭也不抬地説：「那麼，我們不能在一起讀書了嗎？」

　　我難過地説：「不能了。」

　　加朗看也不看我一眼，只顧作他的畫。他沉默了一會，輕聲地説：「你還會記得我嗎？」

　　我激動地説：「怎麼不會呢？我怎麼會忘記我們的同學，怎麼會忘記你呢？我會永遠記得你！」

　　加朗抬起頭看着我，激動不已，好像有千言萬語，一時不知從何説起，他伸出一隻手來，我緊緊地握住他那隻溫暖的大手。

　　老師滿面紅光地匆匆走進教室，興沖沖地對我們：「這次口試，大家表現不錯，都通過了，希望後面的同學也取得好成績。我真的從來沒有這樣高興過。」說完，他急忙走了，出去時像個孩子似的，故意裝出要跌跤的樣子，引得同學們笑起來。向來嚴肅的老師高興得像個孩子似的，大家見了都覺詫異，大家笑着笑着，一種傷感油然而生。

　　老師所得的回報，原來就是這一瞬間的喜悦呀！這就是九個月來親切、忍耐和辛苦的報酬了！老師為了得到這瞬間的喜悦，多少個日日夜夜不知疲倦地為我們辛勞着，就連生病的學生，他都親自去教他們。那樣愛護我們，一直為我們費心的老師，原來只求這微薄的報酬呀！

　　將來每當回想起老師，一定會想起老師今天的樣子。許多年後，我長大了，這些可敬的老師還健在吧，到那時，我將以感恩的心情，在老師的白髮上送上感謝的一吻。

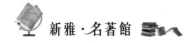

四十四、告別

今天下午一點，我們最後一次聚集在課室內，等候老師宣布考試成績，學校裏裏外外，早已擠滿了家長。加朗的爸爸、狄洛西的媽媽、彼哥斯的鐵匠爸爸……都來了。還有一些從來沒見過的。他們有的在門口，有的在大廳，有的乾脆走進課室裏。

老師一進來，課室裏馬上就靜下來。老師大聲宣布：

「阿巴泰西，67分，及格；阿爾克尼，55分，及格……」

小石匠、可諾斯、卡洛斐、加朗都合格了。

「狄洛西——70分。（注：意大利學校當時的記分法，以70分為滿分。）第一名。」家長們不禁鼓掌稱許。狄洛西微笑着望着母親，他媽媽就向他揮手表示讚賞。

　　班上只有三四個同學留班。其中一個看見父親像要打他的樣子，不禁哭起來。老師說：「不要只是責怪孩子，成績不好是有許多原因的。」

　　奈利的媽媽給他送了一個飛吻。史泰迪拿了67分，還是感到不高興。愛穿漂亮衣服的華提尼也升班了。

　　老師宣布完畢，站起來說：「今天是我們最後一次在這課室裏相聚，馬上就要分手了，我心裏感到很難過。在這一年裏，我們已經成為好朋友。我曾有好幾次對你們生氣，有時也太嚴厲了，請你們原諒！」

　　「哪裏，哪裏。」同學和家長們齊聲說。

　　「下學年我們不再在一起了，但是在校園裏還是可以見面的。無論你們在哪裏，都是我心裏的好孩子。再會了。」老師說完，便走到我們的座位中間，同學們都紛紛站在椅子上和老師握手。

　　走出教室時，我心裏感到一陣哀傷。這時候，其他班級也放學了，學生在教室外圍着老師們道別，場面一片混亂。

知識泉

瓷器：瓷器是中國的特產。以瓷土、黏土、石英和長石等作為原料，加水混和調配再燒成的器皿。以江西景德鎮的產品最著名。

鎮紙：用來鎮壓紙張和書籍的文具。有銅的、鐵的、玉的或石質的。多半雕成動物形狀。

我們也互相說再見。那一刻，平日的一切不愉快都消失了，大家互相擁抱。小石匠給我扮最後一次兔臉，我忍不住緊緊地擁抱着他。卡洛斐送了我一個稍有破損的瓷器鎮紙。奈利和加朗難捨難分，那情景十分動人。就是其他同學也是捨不得和加朗分離的，大家圍着他，擁抱他或是握他的大手。加朗的爸爸驚奇地望着他們，微笑起來。

當我和加朗告別時，我不禁伏在他胸前哭了。加朗吻了我的額。

最後我回到爸媽的身旁。爸爸說：「和所有的好朋友都告別了嗎？」我默默地點頭。

爸爸又說：「有對不起別人的，快去道歉，有這樣的人嗎？」

「沒有。」

1. 安列高是個怎樣的孩子，說說你的看法？

2. 安列高與哪一個同學相處最令你留下印象？為什麼？

3. 安列高的同學中，你最喜歡哪一個？為什麼？

4. 書中介紹了學校的校長和老師，你對誰印象最深刻？為什麼？

5. 安列高與家人的關係好嗎？你是怎樣知道的？

6. 你最喜歡哪一個「每月故事」？為什麼？

擴闊眼界

　　本書的故事是以日記形式呈現給讀者的。如果我們想記下一些日常發生的事，可以選擇用「日記」或「周記」的方式。

　　日記是一種供個人使用、以日期為排列順序的筆記。以前的日記是商人做生意時的記錄本，後來人們開始以日記來記錄天氣、事件，以至寫下個人的感受、想法。日記可以是記錄將要做的事情，也可以記錄已經發生的事情和當時的心情等。由於這是個人最私隱的物件，所以我們對待每個人的日記時，都必須遵守「日記道德」。即是只有在日記主人允許的情況下，才可以看對方的日記，更不可以偷看別人的日記，即使是家人也不可以。

　　周記有別於「流水帳」、「日記」等形式，流水帳是有什麼就記錄什麼，不需要作任何修飾和思考，而且內容及次數也不限，一周之內可以記錄每一天的任何事情。而周記就是：每周只記錄一次，並且是對自己的生活有一定的反思。可以寫一件在這一周裏發生，讓你有所感觸或思考反省的事。範圍很大，什麼題材都可以，但要只是圍繞同一件事來寫。

艾德蒙多・狄・阿米契斯
(Edmondo de Amicis) (1846-1908)

　　意大利19世紀的著名文學家。1846年出生於意大利北部的奧內利亞。父親是公職人員，從小就對阿米契斯灌輸愛國愛人的思想。阿米契斯在13歲開始，就受到愛國詩人朱塞培・朱斯迪的作品影響，希望加入革命運動，可是因為年紀太小而被拒絕。於是他立志要成為律師，因父親忽然病逝，他只好放棄入讀大學的機會，轉而入讀陸軍士官學校。1865年畢業後成為軍人，參加脫離奧地利統治的戰爭。其後因為感染霍亂而不得不退出戰場。回到佛羅倫斯，他奉命編輯《意大利陸軍》報，開始發表文章。1868年，他將發表在報上的文章集成一冊出版。

　　1870年，阿米契斯終於離開軍隊，投入寫作生涯。1870年，先後出版了《荷蘭》、《倫敦的回憶》、《摩洛哥》等遊記。1895年完成的《工人們的女老師》，1899年完成的《大家的車子》等作品，大受歡迎。然而，一切的作品都不及原名《心》，中文被譯為《愛的教育》一書那麼成功。這部花了他十年時間構思的故事，在1886年出版後，不到兩個半月便再版了40次。歐洲各國隨即出版譯本。後來，阿米契斯還寫了《家庭與學校》、《培達洛基教授》等有關教育的作品。

　　阿米契斯晚年從事教育工作，然而他的晚年處境並不愉快，母親逝世、長子自殺為他帶來無限的傷痛，終於在1908年病逝，享年62歲。

新雅 • 名著館

愛的教育

原　　著：艾德蒙多·狄·阿米契斯〔意〕
撮　　寫：馬莎
封面繪圖：Sayatoo
內文繪圖：陳巧媚
策　　劃：甄艷慈
責任編輯：黃婉冰
美術設計：何宙樺
出　　版：新雅文化事業有限公司
　　　　　香港英皇道 499 號北角工業大廈 18 樓
　　　　　電話：(852) 2138 7998
　　　　　傳真：(852) 2597 4003
　　　　　網址：http://www.sunya.com.hk
　　　　　電郵：marketing@sunya.com.hk
發　　行：香港聯合書刊物流有限公司
　　　　　香港荃灣德士古道 220-248 號荃灣工業中心 16 樓
　　　　　電話：(852) 2150 2100
　　　　　傳真：(852) 2407 3062
　　　　　電郵：info@suplogistics.com.hk
印　　刷：中華商務彩色印刷有限公司
　　　　　香港新界大埔汀麗路 36 號
版　　次：二〇一六年七月二版
　　　　　二〇二一年六月第三次印刷
版權所有·不准翻印

ISBN: 978-962-08-6616-6
© 2002, 2016 Sun Ya Publications (HK) Ltd.
18/F, North Point Industrial Building, 499 King's Road, Hong Kong
Published in Hong Kong, China
Printed in China